얼굴 없는 아침

얼굴 없는 아침

김현주 장편소설

차례

얼굴 없는 아침
007

작가의 말
189

1

 산 아래 모항문화재단 건물은 바깥에서 보면 타원형이다. 바람이 심하게 부는 날이면 건물이 반대쪽으로 휩쓸려 이지러졌다가 황급히, 제 형태를 회복했다. 통로는 두 군데였다. 꽈배기처럼 꼬인 회랑은 입구가 어딘지 출구가 어딘지 가늠할 수 없었다. 처음 방문한 자들은 입구에서 헤매다가 다른 입구를 찾아보려고 헤매곤 했다. 바깥의 누군가, 건물 안으로 들어서는 방문객을 자세히 관찰한다면 공룡 같은 건물이 사람을 단숨에 먹어 치우는 것처럼 보일 것이다.
 그녀는 미화팀 직원들보다 더 일찍 출근하곤 했다. 건물의 출입구는 팀장이 미리 열어두었다. 팀장은 아침 일찍 건물 주변을 한 바퀴 순찰하다가 가끔 그녀와 마주쳤다. 매번 아는 척하지 않았다.

  길게 휘어진 회랑을 또각또각 걷는 그녀의 발소리가 들리면 잠이 덜 깬 건물은 그제야 거친 눈까풀을 밀어 올리듯 천천히 눈을 떴다. 1층 전시실은 카펫이 길게 깔려있었다. 붉은 카펫은 동굴의 미로처럼 갈래갈래 휘어져 있었다. 어두운 전시실 안으로 지네들이 방향 없이 기어다니다가 그녀가 전시실 스위치를 올리면 순식간에 사라졌다. 건물의 계단은 폭이 넓고 높았다. 나선으로 휘어진 금빛 난간이 지나치게 번쩍거려 이물스럽게 느껴졌다. 2층은 구내식당이다. 3층은 원장실을 가운데 두고 사무실 창문들이 반달형 칼처럼 둥그렇게 휘어져 있었다. 외부에서 보면 파놉티콘처럼 휘돌아 중심으로 모이는 형상이었다. 3층에는 어떤 단체가 상주하는지 정확히 알 수 없었고 철제 출입문은 완강하게 닫혀있었다. 3층 계단 옆 유리창 바깥으로는 정원이 조성되어 있었다. 허브와 각종 야생초가 자라는 정원은 돌보지 않은 식물들이 죽은 듯, 칙칙한 빛깔로 음산해 보였다. 4층에는 재단과 상관없는 업체들이 방을 임대해서 쓰고 있었다. 5층에는 숙박 시설이 있었다. 외부에 공개되지 않는 객실에는 정체를 알 수 없는 귀빈들이 찾아왔다. 그들은 다른 엘리베이터를 통해 은

밀히 오갔다. 직원들은 5층 숙박 시설을 누가 사용하는지 상관하지 않았다. 모항시에서 빚으로 사들인 건물의 운영은 행정팀장 장윤주의 소관이었다.

　1층 전시관으로 시선을 돌렸을 때, 그녀의 눈에 들어온 건 '조각가 윤수호 추모전' 배너였다. 그녀는 배너에 인쇄된 작품 사진을 유심히 쳐다본 후, 안으로 들어섰다. 대형사진 속 조각가의 눈빛이 찌를 듯, 뜨겁게 형형했다. 그 눈빛이 섬광처럼 그녀를 쏘아보고 있었다.
　전시장에는 청동인들 뿐이었다. 맨 처음 눈에 들어온 브론즈. 깡마른 그의 상체는 흙에서 빠져나오고 있었고, 하체는 흙 속에 묻힌 채 하늘을 향해 절규하는 형상이었다. 고개가 지나치게 젖혀져 있어 목이 꺾일 듯 절박하게 보였다. 근육이 과장된 어깨와 가슴은 기형적이었다. 그녀는 오른손을 뻗어 청동상의 등허리, 팔뚝, 부풀어 오른 가슴과 흙 속에 갇힌 하체, 정강이, 종아리, 발가락, 발톱을 만졌다. 그 순간, 몸이 갑자기 떨리기 시작하면서 힘이 서서히 빠져나가는 것 같았다. 그가 굳게 다문 입술로 그녀를 노려보고 있었다. 그녀는 재빨리 몸을 돌렸다.
　가지 마!

누군가 강하게 그녀의 팔을 확, 끌어당겼다. 몸이 휘청거릴 정도로 놀라운 힘이었다. 그녀는 뒤를 돌아보았다. '약속'이라는 라벨의 청동인이었다. 그의 지나치게 긴 한쪽 팔이 그녀의 심장을 끌어당기는 느낌이었다. 한껏 과장된 커다란 손, 다섯 개의 구부러진 손가락. 가슴에 그의 손이 무겁게 얹히는 촉감은 지나치게 생생했다. 한 발짝도 움직일 수 없었다. 그때, 심장이 저절로 벌떡거리기 시작했다.

당신, 그냥은 안 돼.

그의 목소리가 진동하듯 떨렸다. 그녀는 무엇에 홀린 것 같았다. 희미한 조명 아래, 일그러지고 부서진 듯한 형체들이 그림자를 길게 늘이고 있는 곳. 전시장의 공간이 기묘하게 느껴졌다.

나를 구해줘, 제발.

또, 환청이었다.

당신 누구죠?

그녀가 물었다. 청동인은 대답이 없었다. 내게 무엇을 원하는 것인가. 그녀는 그의 입을 물끄러미 쳐다보았다.

그 안에 있는 당신, 누군가요?

대답은 없었다. 움푹 파인 눈에 날이 선 콧날, 이마를 찡그린 그가 무언가를 호소하는 것 같을 뿐. 그녀는 오른손으로 지그시

가슴을 눌렀다. 가슴 통증은 불규칙적으로 찾아오는 기분 나쁜 손님 같은 것. 목이 탔다.

―먼지가 많아요. 손이 지저분해질 텐데요.

그녀는 놀라, 뒤를 돌아보았다.

―아, 안녕하세요.

긴 머리 여자의 손에 종이컵이 들려 있었다. 조각가의 아내 김미진이었다.

―저는 이번 전시 기획했던 민가인입니다.

―그럼요. 알죠. 지난번 만나서 이미 통성명했잖아요.

김미진이 말했다.

―작품을 전시장에서 보니까 더 생생해요. 대단합니다.

―아, 네. 감사합니다.

―그럼, 전 이따 점심시간에 내려올게요. 차분히 감상하고 싶어서요.

―그래요. 업무가 중요하니까. 점심시간에 내려와요. 함께 차 한 잔, 하시죠.

그녀가 사무실 문을 열고 안녕하세요, 라고 인사했을 때 아무도 반응하지 않았다. 재단 직원들은 커피를 마시거나 삼각김밥을 먹고 있었고, 어떤 자리에서는 샌드위치 포장지의 부스럭거리는 소리가 크게 들렸다. 그녀가 유리창 쪽으로 다가가 한참이나 서성대고 있는 것을, 그 누구도 신경 쓰지 않았다. 그들은 파티션을 사이에 두고 각자 자신의 업무에 열중하고 있었다. 교육팀장 안보남이 일어서서 커피포트에 생수를 붓고는 코드를 꽂았다. 커피잔에 뜨거운 물을 붓다가 그녀가 창가에 서 있는 것을 힐끗, 쳐다보았다. 그는 관심 없다는 듯 시선을 돌렸다.

그녀는 먼지 쌓인 책상 아래 처박힌 의자를 끌어다 가만히 앉았다. 무슨 업무를 해야 할지 알 수 없었다. 매일 가장 먼저 했던 일은 박수재 원장의 커피를 준비하는 일이었다. 원장은 드립 커피를 만족한 얼굴로 마신 후, 팀장 회의를 주재했다. 팀장 회의가 끝나면, 그녀와 함께 지역예술가들과의 면담 일정을 논의했다. 그녀는 원장의 지시가 있어야만 업무를 진행할 수 있었다. 그러나 이제 원장은 없다. 그녀는 자신의 출근을 아무도 반기지 않는다는 사실이 두려웠다. 재단 사무실 안, 팀장급 3명의 정규직과 2년 계약직이 대부분인 연구원들 사이에서 섬처럼 외로웠다. 문화예술팀 연구원이라는 임시 직함을 갖고 있었지만, 원래 소속이었던 교육팀 직원들은 그녀를 본체만체했다.

　법이 말했다.
　그냥 입을 다무는 게 좋을 겁니다. 그래야 무사해요. 정, 힘들면 잠시 휴직계를 내고 결과를 기다리시든가.
　법의 목소리가 지나치게 부드러워 민가인은 잔뜩 긴장했다.
　아무에게도 말하지 않겠습니다.

　　*

　그녀는 구내식당에서 점심을 먹은 뒤 1층 전시실로 내려갔다.
　―차 한 잔 드릴까요?
　김미진이 동그란 테이블 의자에 앉아 책을 읽고 있다가 고개를 들었다.
　―저… 윤수호 작가님의 작업실을 좀 볼 수 있을까요?
　밑도 끝도 없는 요구에, 김미진이 당황한 얼굴로 그녀를 빤히 쳐다보았다.
　―네? 아… 그이 작업실을 아직 공개한 적이 없어요.
　김미진이 뜨거운 물에 녹차를 집어넣어 민가인에게 건넸다.

―혹시 조소 전공이신가요?

김미진은 탐색하는 듯한 눈빛이었다.

―아니요. 전 소설을 썼어요. 그런데, 지금은 아니에요. 재능도 없고, 열정도 없어서….

―아, 소설 쓰는 민가인 선생, 글 쓰는 일, 쉽지 않지요?

그녀는 움찔했다. 글 쓰는 일, 쉽지 않지요? 김미진의 목소리에 박수재 원장의 말이 겹쳐있었다. 소설 쓰는 거, 쉬운 일 아닙니다. 그녀는 자신도 모르게 주먹을 움켜쥐며 바르르 떨었다.

―난, 그림을 그렸어요. 하지만 현재 그리지 않는다고 해서 화가가 아닌 건 아니겠지요? 그래서 꼭 실패한 것만은 아니라고 생각해요. 잠시 쉬고 있을 뿐이지요.

김미진이 담담하게 말했다.

―아, 선생님. 이렇게 뵙게 되어서 정말 반갑습니다. 좀 전에, 무례한 부탁이었습니다.

―민가인 씨에게 어떤 열정이 느껴져요. 내가 아는 누군가를 많이 닮았어요.

그녀는 김미진이 말한 '누군가'가 윤수호인지, 박수재 원장인지 알 수 없다고 잠깐 생각했다.

―당황하셨겠지만 전, 꼭 윤 선생님의 작업실을 봐야 할 것만

같아요. 처음 통화 때, 그 말씀을 못 드렸는데 너무 아쉬웠습니다.

-그러면… 토요일 오후에 방문하시는 건 어때요?

-정말요?

-네, 그럼요. 우리 아틀리에는… 예술인마을에서 제일 높은 곳이에요.

김미진은 어딘지 찜찜한 얼굴이었다. 거절하지 못한 자신을 자책하는 듯 했다. 민가인은 김미진의 얼굴을 살피면서 그녀가 어떻게 살고 있는지 궁금했다. 단순한 호기심만은 아니었다. 의심이었다.

2

 예술인마을로 향하는 택시는 좁고 구불구불한 길을 지나 산속으로 내달렸다. 길 양쪽으로는 과수원과 밭들이 보였다. 황톳빛 산길이었다. 길은 뱀처럼 가늘고 기다랗게 보였다. 길을 벗어나자 비슷한 모양의 집들이 군데군데 들어서 있었다. 민가인이 예술인마을을 처음 찾은 건, 원장이 부임한 지 일주일 후였다. 행정팀장 장윤주가 제안한 천연염색 전시를 위한 방문 일정이었다.
 윤수호의 아틀리에는 석조건물이었다.
 어서 와요.
 그녀는 뒤를 돌아보았다. 아틀리에 입구 왼쪽 대리석 받침대에는 남자 와상 브론즈가 있었다. 분명히 무슨 소리를 들었는데, 누구인가. 주변을 두리번거렸는데도 아무도 보이지 않았다.

－어서 와요. 안으로 들어오세요.

김미진이 건물 입구에 미리 나와 서 있었다.

－이 작품, 윤수호 작가님 맞지요?

그녀가 작품을 다시 보았을 때, 브론즈 표면에는 먼지가 켜켜이 쌓여 있었다.

－그렇죠. 초기작업이에요.

세상 무심한 말투였다. 민가인은 김미진의 뒤를 따라 아틀리에 실내로 들어섰다. 대리석의 서늘한 기운이 느껴지면서 몸이 선뜩했다. 1층 계단 아래 허공을 내려다보았다. 어둠 속 희미한 빛이 날파리 떼처럼 어지럽게 날아다니고 있었다.

김미진이 현관 중문을 열었다. 거실의 불을 켜지 않은 채, 긴 소파 옆 전면유리창의 커튼을 완전히 열어젖혔다. 차갑고 음울한 기운은 거실 안에도 도사리고 있었다. 햇빛이 들어오는 구석진 곳 인물상은 짙은 녹청색 흉상이었다. 윤수호의 흉상인데도 불구하고, 전시관 대형사진에서 보았던 강렬함은 느낄 수 없었다.

－윤 작가님 작품과는 느낌이 다르네요.

─잘 보셨네. 그이 후배 작품이에요.

김미진이 포트에 물을 끓인 후, 커피를 내렸다. 그리고 침묵이 시작되었다. 민가인은 아무 말 없이 커피를 마시는 시간이 불편했다.

─그이 방을 치우지 않았어요. 청소를 못 하겠더라고요. 방바닥에 떨어진 머리카락 한 올마저도 손대지 못했어요. 그 사람이 곧 돌아올 것만 같아서, 정리할 수가 없었어요. 믿어지지 않아서.

민가인은 잘 이해되지 않았다. 남편의 방을 단 한 번도 청소하지 않은 마음은 어떤 것일까. 한참 후에야, 김미진이 자리에서 일어섰다.

─들어가서 보세요. 전, 밖에 있을게요. 그이가 외출했다가 금방이라도….

왜인지, 조금 전과 달리 김미진의 표정은 열에 들뜬 듯 잔뜩 상기되어 있었다.

그녀가 방 안으로 들어섰을 때, 어떤 그림자가 곁을 스치는 것 같았다. 오싹했다.

이번에, 다른 제보가 들어왔어요. 원장에게 부적절한 여자 문제가 있었다는데, 아는 대로 진술하시죠.

법이 말했다.

저는 아무것도 아는 바가 없습니다. 저와는 아무 상관도 없고요.

그녀는 후들후들 떨었다.

사건을 다시 조사해달라는 제보예요. 정보가 들어왔는데, 민 선생도 자유롭지는 못할 거예요.

그 사람들 다들, 정말 누군가요! 다, 조작이에요.

그녀는 소리를 질렀으나 말이 목청껏 목구멍 안에서 나오지 않았다.

증거를 찾는 건 시간 문제니까 흥분하지는 말고.

법이 의미심장한 표정으로 그녀의 얼굴을 쳐다보았다.

사실은… .

그녀의 양심은 목구멍 속으로 빨려 들어갔다. 원장님은 협박당했어요. 현역 국회의원의 청탁을 거절했죠. 재단 내, 실세의 부정이 있었는데, 알고도 모르는 척하셨어요. 횡령도 성폭행도 있을 수 없는 일에요. 부적절한 여자 문제, 없어요. 내가 알아요. 그녀는 입 안에서 실뱀이 뛰쳐나오려고 꿈틀거리는 것을 느꼈다. 급기야 토할 것 같았다. 진실을 말할 수 있을까. 거짓말을 어디서부터 어느 만큼 해야 할까. 법이 원하는, 달콤한 젤리 같은 타협. 마른기침이 터져 나왔다. 진실은 무엇인가, 어디 있는가. 박수재, 그를 다 알았다고 생각했으나 그녀가 아는 건 결국, 아무것도 없었다. 그는 그녀에게 진실의 한 조각도 주지 않았다. 김미진에 대해서도, 처음부터 숨기고 있지 않았던가. 머리가 불에 타듯 뜨거워졌다. 급기야 심장이 터질 것 같았다.

담배 연기 냄새가 났다. 그녀는 고개를 돌렸다. 방문 입구에서 김미진이 지켜보고 있었다. 김미진의 손에는 담배가 없었다.

—천천히 봐요. 기다릴 테니.

김미진의 표정은 미묘했다. 웃는 얼굴인지 아닌지, 분간할 수 없었다. 냄새는 어디서 흘러왔을까. 그녀는 재떨이에 담긴 짓눌린 꽁초를 보았다. 방안에 갇혀있던 담배 냄새가 그제야 거실로 빠져나가는 것인가.

그녀는 거실에 스며든 햇빛을 등지고 선 얼굴을 느꼈다. 정물의 그림자처럼 어두웠다. 다시, 고개를 돌려 책상 위를 보았다. 책꽂이의 책은 균형감 있게 꽂혀 있었고 머그잔 바닥에 남은 커피 용액은 딱딱하게 굳은 채 갈라져 있었다. 그녀는 이미 세상을 떠난 윤수호가 스케치에 몰두하고 있는 상상을 했다. 한 조각가가 책을 읽고, 강의 준비를 하고, 사색에 잠겼던 방. 그녀는 책상 위 노트에 휘갈긴 글씨를 읽었다.

나의 모든 능력은 사라질 것이다. 속수무책으로 죽어가면서, 나는 나의 부재를 겪을 것이다. 내 육신, 숨이 넘어갈 때까지 매일, 죽음을 경험하게 될 것이다.

그녀는 죽고 싶어, 에 눈이 꽂혀 책장을 넘기지 못했다.
―방이 아주 작지요? 그이가 이 방을 참 좋아했어요. 골방 스타일이거든요. 이곳에 들어오면 작품이 떠오를 때까지 몇 날 며칠이고 혼자 지내요. 워낙 골초라 방안에 담배 냄새가 배어 있어 저는 잘 들어오질 않았어요. 그 사람이 무엇을 하는지 잘 몰랐어요. 밥도 먹지 않고 혼자서 궁리를 틀다가 스케치 작업이 완성되면 그제야 문을 열었지요. 이것 보세요. 스케치를 끝내고 철사로 구부려 만든 재미난 작업이죠.

김미진이 빠르게 말했다. 그녀는 김미진의 손가락이 향하는 곳을 따라 시선을 돌렸다. 윤수호가 재미 삼아 만들었다는 철사 작업이 눈에 들어왔다. 그것은 최소한의 면을 사용해 길고 가늘게 만든 형상이었다.

―초대전을 준비한다고 연락을 받았을 때부터, 민 선생을 만나고 싶었죠. 원장님이 칭찬을 많이 하길래요.
―네? 아, 원장님이 모두 준비하신 거죠. 저는 나중에야⋯ 지

시에 따를 뿐이었습니다.

―우리 그이랑 원장님이 친구 사이라는 건 알았나요?

―아니요. 사적인 말씀은 아끼시는 편이라서 저는 전혀 몰랐습니다.

―둘이 고등학교 동창이고요. 그리고… 이상하죠? 둘 다 이곳에 와서 잘못되었어요. 사인이 다르긴 하지만, 우연치고는 너무나 이상하죠.

김미진은 애틋한 표정으로 방안을 들여다보고 있었다. 그저, 작업장 방문을 핑계 삼아 왔다. 저 여자는 왜 죽은 남편의 내밀한 공간까지 공개하는가. 그녀는 김미진이 두려워졌다. 왜 법은, 김미진을 용의선상에 두지 않은 것일까. 박수재 원장의 부적절한 여자, 김미진. 이건 변할 수 없는 사실이야. 장 팀장의 말대로라면 저 여자에게도 혐의를 두어야 마땅한 일. 그런데도 법은 오로지 내게만 집중하고 있다. 혼자서 이곳에 온 건 잘못한 일일까. 그녀는 오늘의 방문이 자신을 곤란하게 만들 수 있다는 것을, 그제야 깨달았다. 경솔했다. 신상에 해로운, 아주 위험한 결정이었다. 원장의 죽음 이후, 그녀는 스스로를 감시했다. 민 선생 말고, 재단의 어떤 직원도 법의 소환을 받지 않았죠? 극히 말조심해야 해요, 잘못하면 민 선생이 크게 다쳐. 김미진 씨를 의심하다니. 민 선생이 오해한 거야. 이 지역이 얼마나 좁은데? 장 팀장의 말대로라면, 김미진은 원장과 스캔들을 일으킬 리 없다는 것이다.

─그만 지하로 갈까요?

김미진이 방안의 스위치를 내렸다. 민가인이 미처 방문 밖으로 나오기 전의 일. 순식간에 어둠이 시선을 까맣게 덮어버려 그녀는 소스라치게 놀랐다. 김미진은 짐짓 무심한 얼굴로 그녀를 쳐다보았다.

─놀랐어요? 센서가 고장 났어요. 우리집, 지금 엉망이랍니다. 지하 센서도 고장난 지 오래됐는데 손을 못 봤네요.

계단 천장은 어두컴컴했다. 후레쉬를 든 김미진이 앞서 내려가는 동안, 민가인은 난간을 잡고 천천히 걸어 내려갔다. 지하실로 내려가는 계단을 한 발 한 발 조심스레 내디뎠다. 금속 난간의 싸늘한 감촉이 손바닥을 시리게 했다. 몸이 떨렸다.

지하 2층, 김미진이 후레쉬 불빛을 자물통에 갖다 대었다. 나무 문에 걸린 것은 녹이 슨 자물통이었다. 김미진이 자물통을 열고 오른쪽 문에 두 손을 댄 후, 힘겹게 밀었다. 문은 거칠고 둔탁한 소리를 냈다. 김미진은 육중한 문을 밀면서 뚜벅뚜벅 한 걸음씩 걸었다.

어둠 속에서 내부의 형체가 희미하게 드러났다. 지하무덤에 들어선 기분이었다. 뿌연 먼지들이 허공에서 나방처럼 날아다니고 있었다. 김미진이 입구 벽면의 스위치를 올렸다. 광장처럼 넓은 작업장, 작품들은 대작이었다. 환한 형광등 아래 청동상들이 늘어서 있었다. 순간, 그녀는 몸을 움직일 수 없었다. 섬뜩했다. 거인들이 그녀를 내려다보고 있었다. 몸의 근육이 왜곡된 형상이었다. 기괴하게 한쪽 어깨가 잘린 것들, 돌에서 빠져나오려고 몸부림치는 거인. 전시장에서는 작품으로 존재했지만, 작업장에서는 거인들이 실제로 움직이고 있었다.

그녀는 김미진의 뒤를 따랐다. 청동인들 사이, 키 큰 그림자가 있었다. 그가 그녀를 스쳐 지나갔다. 싸늘한 한기가 그녀를 스쳐 지나갔다. 그녀는 후드득, 놀라 소스라쳤다. 혼란스러웠다.

- 작품 원본이에요.

김미진이 손가락으로 허공을 가리켰다. 하늘을 향한 채, 허리를 꺾은 여자가 보였다. 여자는 허공을 향해 눈을 감고 있었다. 라벨, '달로 가다' 여자는 체념하는 몸짓이거나, 혹은 운명에 순응하는 것도 같았다. 어디서 본 형상 같았다. 어디서 보았을까, 저 여자는, 여자는 나다. 이미 경험된 나. 기억하는 내가 그곳에 있었다. 민가인은 기억을 더듬는다.

잊고 싶은 기억은 그녀를 붙잡고 끝끝내 놓아주지 않는다. 망각 속, 민가인의 와인 잔이 굴러떨어진다. 유리 조각들이 방바닥에 부딪혀 깨지면서 붉은 액체가 사방에 흩뿌려진다. 기억하고 싶지 않은, 그날의 악몽에서 깨면 무력감이 일상을 지배했다. 생의 불안, 그 시간이 왜 갑자기 수면을 깨고 솟아오르는 것인가. 몹쓸 기억이, 뇌리에 왜 달라붙는지 알 수 없다. 기억을 질끈, 발로 밟아 으깬다. 애써 지운다. 법이 조서를 꾸밀 때, 행정팀장 장윤주는 원장의 상황에 대해 비교적 상세하게, 살을 붙여 논리적으로 말했다. 조사에 임한 직원 중, 유독 민가인만 겁에 질려 있었다. 그녀는 죽은 원장이 여전히 살아있는 것처럼 느껴져 무서웠다. 등 뒤에 그가 서 있다가 자신을 따라다니는 것만 같아 고개를 돌려 뒤를 돌아보곤 했다. 출퇴근 시간마다 주변에 서성거리고 있는 것 같아, 소스라치게 놀라 뒤를 돌아보았다. 아무도 없었다. 나쁜, 그는 끈질기게 그녀를 괴롭히고 있다.

―작업이 주로 대작이어서 관리하기 힘듭니다. 난 사실, 모항이 싫어요. 이곳을 떠나야 할 것 같은 생각이 들고. 이 많은 작품을 옮기는 일이 큰일이지요.

김미진이 푸념하듯 말했다.

―떠나신다니요?

지하 공간이 지나치게 커서 목소리가 잉잉거렸다. 윙, 소리가 진동하면서 귓속을 드릴처럼 파고들어 왔다. 이명이 시작되고 있었다. 그녀는 자신도 모르게 한쪽 귀를 막았다.

─이곳에 있는 동안, 모든 상황이 좋지 않았어요….

김미진이 말했을 때, 그녀는 박수재 원장을 떠올렸다. 김미진 선생과는 아주 오래된 사이죠. 원장이 김미진의 존재를 말했을 때, 그녀는 가슴이 훅, 하고 뜨거워졌다. 원장의 눈동자는 과거를 향하는 듯 회한에 싸여 있었다.

─어떤 상황들을 말씀하시는지…. 윤 작가님께 좋은 일도 많았다고 들었는데요.

그녀가 말했을 때, 김미진이 고개를 가로저었다.

─아니, 아니에요. 실은 몸이 나빠져서 고향으로 왔지만, 더 악화됐고. 병원 치료도 제대로 받지 못했죠. 나도 끝까지 부족한 아내였고요. 미술대전 상이야, 그 사람으로서 오랜 노력의 결과였고요.

김미진이 말했다.

─고향에서 제대로 활동하지 못하셨나요? 주변에서 배려를 많이 했다고 들었는데.

그녀가 물었다.

―그 말 나올 줄 알았네. 다 헛소문이죠. 고향이지만 지역작가들 텃세가 심했어요. 출향 작가라서 오히려 입지가 곤란했다고 할까.

　김미진은 생각에 잠긴 얼굴이었다.

　―민 선생, 좀 놀랐지요? 예상했어요. 죽은 사람의 작업실이라 느낌이 다를 거고. 저도 이 문을 열어볼 용기가 나지 않았어요. 혼자서는 들어올 수 없었는데, 민 선생 덕분에 오늘 겨우 문을 열었네요. 좀 전에, 남편이 저 작은 의자에서 무언가에 골몰한 채로 담배를 피우고 있는 것처럼 보였어요. 내가 잠깐 착각을 일으킨 거죠. 지금도 그이가 죽었다는 생각은 없어요. 너무 고단해서 쉬고 있다, 그런 생각이 들죠.

　정말 그래요? 그렇다면 당신은 왜 원장님 주변을 맴돌았던 거죠? 민가인은 묻고 싶었으나 참았다. 섣부른 질문은 상황을 복잡하게 만들 뿐이다. 김미진은 감정의 동요를 쉽게 얼굴에 드러내지 않는 사람 같았다. 온갖 감정을 분류해 서랍 속에 넣어두었다가 필요할 때 꺼내는 것 같은, 표정은 절제되어 있었다. 겉으로는 온화한 듯 보이지만, 그것이 진심으로 느껴지지 않을 만큼 거리 유지를 잘하는 사람이 있다. 김미진은 그런 사람처럼 보였다. 당신은 왜 원장의 죽음에 대해 단 한마디도 꺼내지 않는 것인가. 민가인은 그게 궁금했다. 장 팀장의 말이 훅, 떠올랐다. 전시회 기획 건은 원장님이 지나치게 집중하고 있었죠. 예정된 것이었죠. 난, 반대는 하지 않아요. 민 선생의 첫 기획이니까 말리지 못했을 뿐. 그러니까 전시회 성공 여부도 민 선생에게 달린 것이 아닐까요? 원장님은 민 선생의 능력을 지나치게 믿으니까 말이죠. 장 팀장이 빈정거렸다. 이번 전시건 말이죠. 어쩌면 그것 때문에 누군가 다칠 것 같네. 전혀 예기치 않게. 장 팀장의 말은 협박 같았다. 그때의 불안한 감정이 다시 가슴을 헤집었다. 우리 팀장님한테 찍히면 재계약에서 밀려날 수 있어요. 한 번도 아는 척하지 않았던 행정팀 직원과 화장실에서 마주쳤을 때였다. 우리 팀장이 그쪽을 얼마나 싫어하는지 모르죠? 조심해요. 그 직원은 쉿, 하면서 세면대에서 손을 박박 문질러 씻었다. 지난 기억, 오갈 데 없는 마음이 제멋대로 요동치고 있었다. 사납고 거친 감정이 파도처럼 날뛰며 정신을 뒤흔들어 놓고 있었다. 천연염색전을 열자는 장윤주 팀장의 계획을 처음부터 무시하건 원장이었다. 그건 너무 진부하지 않습니까. 박수재 원장의 일방적인 결정이 이겼다. 장 팀장의 분노를 모르는 척, 재단 직원들의 따돌림과 질시를 이겨내며, 그녀는 조각가의 유작전을 준비했다.

그녀는 뒤로 고개를 돌렸다. 청동상들이 모두 그녀의 얼굴을 향해 있었다. 어떤 목소리가 그녀의 귀에 대고 속삭였다. 원하지 않았어. 중얼중얼, 잉잉거리는 이명에, 억양 없는 웅얼거림까지 섞여 들려왔다. 난, 죽고 싶지 않았어. 통증이 시작되고 있었다. 심장을 바늘로 찌르는 것 같았다. 지하실 공기가 너무 싸늘한 탓인가. 몸이 얼어버릴 것만 같은 한기를 느꼈다. 추위와 함께 무력감이, 다시 찾아왔다. 그녀는 그날, 그곳에서 숨고 싶었다, 영원히 사라지고 싶었다. 경찰의 현장 조사가 끝난 후, 원장의 사인은 자살이라는 최종 결론이 났다. 가스를 틀어넣고 유리창 문을 청테이프로 둘러싼 후, 암막커튼까지 모두 내렸다는 건 누가 봐도 자살이지. 장 팀장은 원장의 죽음이 개인적인 일인 것 같다, 고 법에게 진술했다. 민가인은 사체의 유일한 목격자로 지목되어 소환장을 받았다. 머릿속이 하얘졌다.

입 다물고 있어요. 아무것도 모른다고만 하면 돼요. … 그래야만 무사히 넘어갑니다. 그렇지 않으면 민가인 씨도 수사 대상에 오를 것이고…. 자, 다시 합시다. 원장님이 국회의원 사무실에 다녀온 후, 무슨 말을 했나요?

법의 눈이 뱀처럼 가늘고 날카롭게 그녀를 노려보았다.

아무 말씀도 없었어요. 정말입니다.

그녀는 몸이 얼어붙는 기분이었다.

그럼요, 그래야죠. 이 사건은 우울증에 의한 자살이니까. 맞죠?

법은 어느 정도 수사를 마무리하고 있는 듯했다. 그녀는 자주 숨이 막혔고 매일 어지럼증을 느꼈다. 지방신문의 하단에 단신으로 실린 사건은 풍문으로 이리저리 떠다녔다. 모항문화재단 원장의 죽음은 부풀어 흘러 다녔으나 점점 잊혀졌다. 모항시에 아무 연고가 없었던 박수재 원장의 죽음. 사건은, 그에 따른 진실은 직원들의 침묵 속으로, 법의 울타리 속에서, 커피잔 속의 설탕처럼 녹아 흔적이 사라졌다.

─이 아틀리에는 곧 경매로 넘어갈 것 같아요. 빚이 많아서 걱정이네요. 원작을 보관할 곳이 없어진다면…요.

김미진이 말했다. 이명 때문에, 민가인은 머릿속이 계속 지끈거렸다. 왜 이런 말을 하는가. 그녀는 김미진의 의도를 알 수 없어 혼란스러웠다. 오직 아틀리에를 걱정할 뿐이었다. 원장과 전혀 상관없다는 것처럼 행동하고 있는 김미진의 태도. 그녀는 화가 치밀었다. 박수재, 그가 죽었다. 그녀가 원장의 주검을 발견한 건 우연이었다. 우연이라고 깨닫는 순간, 필연이 된다. 원장과의 관계는 우연에서 시작했을까. 그녀는 두개골이 깨질 것 같았다. 필연일까, 그의 죽음은. 욱신거리는 통증 때문에, 그녀는 양손으로 머리를 감싸쥐었다.

죽은 자들이 떠돌고 있었다. 조각가 윤수호도, 박수재 원장도… 죽은 혼이 있는 것인가. 가슴에 철근이 박혀 있는 자, 상체가 지나치게 컸으나 머리는 작은 아이의 주먹만 한 청동인, 두 팔이 지렁이 모양 풍선처럼 부풀어 있는 자, 모두 끔찍했다. 그녀는 검은 그들이 두려웠다.

—이제, 나갈까요?

—네. 그게 좋겠어요.

김미진의 뒤를 따라 나오면서 그녀는 후들거리며 걸었다. 계단을 향해 고개를 들었다. 죽은 원장이 허공에 서 있었다. 장대같이 큰 그가 멀찌감치 서서 자신을 슬픈 얼굴로 바라보았다. 그는 네이비색 정장에 체크무늬 넥타이였다. 두 눈을 홉뜬 채, 그녀는 두려움을 참아내려고 허리를 꼿꼿이 세웠다. 눈을 감았다가 깜짝 눈을 더욱 크게 떴을 때, 그는 없었다.

다 끝났습니다. 이제야 제대로 사건을 종료했어요.

법의 전화를 받는다.

그녀는 부들부들 몸을 떨었다.

−민 선생, 뭐 하세요? 전, 약속이 있어서 나가 봐야 하는데…. 가야 해요.

김미진의 목소리였다. 그제야 그녀는 정신을 차렸다. 살아있는 김미진의 목소리를 들으며, 두려움을 겨우 삼켰다.

−이상한, 충격적인 일이 벌어졌고… 또 무슨 일이 일어날지 두렵고 불안하고… 요새 그래요.

김미진이 혼잣말처럼 조용히 말했다. 그녀는 김미진을 도와 육중한 문을 힘겹게 닫았다. 왜, 김미진이 자기 심정을 토로하는지 알 수 없었다. 이제 와, 나랑 무슨 상관이야. 아니야. 난, 아니야. 모두 끝났다. 그녀는 숨이 가빠왔다. 김미진은 원장과 아무런 연관이 없는 걸까. 그러면 난 무엇을 본 걸까, 들은 걸까, 무엇을 오해한 것인가. 조금 전에 떠오른 생각이 다시 엄습했다. 달로 가는 여자. 고통받는 제 운명을 미리 본 것 같았다.

−많이 힘들어요? 얼굴이 창백하네.

−아니요. 오늘 정말 감사했어요.

−우리 한 번 더 만나야 할 일이 있어요. 상의할 게 있어서. 이 문제의 답은 너무나 뻔한 건데. 민 선생한테 긴히 물어보고 싶은 것도 있고요.

─무슨 일인데요?

─아니, 별 건 아니고. 작품 문제로. 전시 끝나기 전에 한 번 더 방문해주시면 좋겠는데, 어때요?

─네. 그럴게요.

─내가 연락할게요. 원장님 일이 계속 머리에 남아요. 부검 결과가 질식사로 판명됐다는데, 너무 이상하다는 생각이 드네. 그렇게 허망하게 갈 사람이 아니거든요.

─전, 전혀 아는 게 없어서요.

그녀는 단호하게 대답했다.

─아, 알죠. 날 경계하지 마요. 민 선생 입장을 충분히 이해하니까.

김미진의 담담한 말투였다. 입장을 이해한다? 무슨 뜻인가. 이건 함정이야. 그녀는 겁이 났다.

벗은 그가 보인다. 얼굴이 칠흑처럼 어둡다. 홀연히 나타난 그가 천천히 그녀를 외면하고 옷을 입기 시작한다. 그녀는 눈을 떴다. 꿈이 반복되고 있었다. 그는 진실을 말해주기를 원하는 것인가. 진실을 파헤치는 일은 용기를 수반한다. 섣부른 용기는 그녀에게 무모함이 될 수도 있을 것이다. 진실이 밝혀진 다음에는 무엇이 기다리고 있을까. 밝혀진다 해도 그것이 과연 진실일까. 그녀는 그의 결백을 말하지 않았다. 횡령은 거짓입니다, 라고 말하지 못했다. 장윤주 팀장도 침묵했다. 이미 자살로 결론이 난 사건이었다. 사건을 원점에서 다시 파헤친다는 건 안 될 일. 원장과의 관계가 드러나면 자기 인생을 수렁으로 빠뜨리는 길이 될 것이다. 그 후에는 세상에 얼굴을 내밀고 살아갈 수 없다. 그녀가 재계약을 하려면, 장 팀장을 불리하게 만들어서는 안 되었다. 그러나 이대로 살아갈 수는 없다…. 그녀는 괴로웠다.

박수재 원장에 대한 투서는 분명히 조작된 것이다. 장 팀장의 짓이 아니었을까, 라고 생각했지만 물증은 없었다. 뇌물 횡령이나 청탁 건은 제쳐둬야지. 그건 조사하면 다 알게 될 거고. 가장 곤란한 것은 익명의 성폭행 제보에, 부적절한 여자 문제야. 나 혼자 본 건 아니니까. 신도심의 와인바에서 원장과 함께 있는 긴 머리 여자를 보았고, 둘은 대리운전을 불러 그 자리를 떠났어요. 장윤주 팀장이 말했다. 긴 머리 여자, 정말 김미진 선생 맞을까? 하지만 둘이 그럴 사이는 아닌데. 어쩌면 다른 여자일 수도 있고. 밤이라 어두웠거든. 두 눈으로 얼굴을 확인한 건 아니니까. 장 팀장이 그녀를 따로 불러 은밀하게 물었을 때, 제가 알 바 아닙니다, 라고 그녀가 말했다. 장 팀장이 담배를 피우면서 후욱, 연기를 허공으로 뱉었다. 사사건건 원장을 끌어내리고 싶었던 장 팀장의 책상은 원장실 바로 옆방에 있다. 원장이 연임되면 누가 가장 불이익을 당할까. 건물 재정을 손에 쥐고 있는 장윤주 팀장이 아니면 누굴까. 그녀는 생각에 생각을 거듭했다. 도무지 알아낼 수 없었다. 장윤주 팀장 옆에는 교육팀장 안보남이 있었다. 팀장 둘은 친밀했다. 둘의 수군거림은 퍼져나가, 사무실 공기 중에 떠돌다가, 집기들 위에 먼지처럼 내려앉거나 흩어졌다. 직원들은 원장의 죽음이 알려진 날도 마치 그럴 줄 알았다는 듯이 수다를 떨었다. 일 안 합니까? 장윤주 팀장이 말했다. 그들은 재빨리 자기 책상으로 복귀했다. 직원들은 박수재 원장의 연임에 관심이 없었다. 그들은 재계약을 하는 게 가장 중요한 문제였고, 정규직이 되는 것이 가장 큰 희망 사항이었다.

3

 그녀는 퇴근할 때, 몸을 돌려 거대한 건물을 멀리서 쳐다보곤 했다. 조각큐브 같은 불빛은 어둠 속에서 지나치게 환했다. 재단 직원들은 수당 때문에 야근을 밥 먹듯이 했다. 비정규직들은 아무리 늦게까지 일해도 야근수당을 받을 수 없었다. 그녀는 환한 사무실을 올려다보며, 유령처럼 허청거리며 걸었다.

*

 처음 그가 문자를 보냈을 때, 그녀는 답을 주지 않았다. 같이 산책을 하고 싶다, 는 단 한 줄의 문장이었다.

사흘 후, 공항이 보이는 주차장에 차를 세워두고 둘은 한적한 길을 산책한다.

관사를 준다고 해서 좋아했더니 한옥을 줍디다. 사양했어요. 혼자 사는 남자가 어떻게 집 관리를 하겠습니까.

바다가 보이는 아파트. 아파트 뒤로는 갈대밭 멀리 공항이 있다. 갈대 무리가 바람에 흔들리는 게 보인다. 갈대들이 물결처럼 휩쓸린다. 쓸쓸한 늦가을이 저물어간다. 그들은 끝없이 이어지는 갈대밭 위로 도드라진 길을 걷는다.

겨울 초입의 일. 길게 뻗은 다리와 단단한 상체, 그가 걷는다. 그녀는 그의 뒤를 따라 걷는다. 뭉클, 가슴 속에서 뜨거움이 치솟아 오른다.

춥지 않아요?

그는 베이지색 니트 셔츠만 입은 채였다. 그가 벗어 준, 그녀의 몸을 감싼 외투는 따뜻하다. 그녀는 그를 올려다본다. 그의 가슴에 솟은 콩알만한 젖꼭지가 도드라져 보인다. 날이 추워서인지 긴장된 상태의 동그란 그것이 그녀의 시선을 끌었다. 그녀는 알 수 없는 수액이 제 몸에 흐르기 시작하는 것을 느낀다.

바람은 차고 맵다. 어쩌자고 여기까지 온 건가. 그녀는 자신을 이해하지 못한다. 그가 앞장서서 걸어간다.

마음이 시키는 대로, 해보는 겁니다.

그가 말한다. 그녀는 머리로 그를 밀어내고, 가슴으로는 그를 잡아당겼다. 감정을 드러내지 않으면서, 억누르면서 그의 뒤를 따른다. 해변이 보인다. 모래톱이 보이고 갯벌이 보이고, 햇빛으로 반짝이는 바다가 보인다. 갯벌에서 조개를 캐는 사람들이 보인다.

그들은 걷는다. 그녀는 그의 뒤를 조금 떨어져서 걷는다. 보이지 않는 누군가의 눈길을 끊임없이 의식하면서. 숲이 보인다. 잡목이 무성한 사이로 초겨울 햇빛이 쏟아져 내린다. 그늘을, 나목처럼 마른 그가 걷는 것을 그녀는 물끄러미 본다.

아파트 입구에서 엘리베이터를 탄다.

아파트가 편하죠. 혼자 사는 남자에게는 최적의 공간입니다.

그가 현관문을 활짝 열어 고정시킨다.

남자 냄새가 나요. 여자가 없으니.

그는 한동안 현관문을 열어둔다.

방향제라도 사두세요.

그녀가 무심히 말한다. 삐쩍 마른 그는 쑥스러운 듯 웃는다. 그의 웃음 속에서, 그녀는 우울을 느낀다. 그의 몸에서 출렁거리는 것은 어떤 눈물일까. 그는 어떤 슬픔을 갖고 있을까. 신중하게 선택한 무채색의 옷을 입은 그녀는 그림자처럼 그의 뒤를 따른다.

*

민가인은 원장에게 사실대로 보고했다.
―장 팀장님은 지금도 전시를 반대하고 있어요. 이 시점에 굳이 기증까지 성사시켜야 할 이유가 있을까요? 제 생각에는 무리가 아닐까, 합니다.

그녀의 말에 원장은 묵묵부답, 한참동안 입을 열지 않았다. 윤수호 초대전과 작품의 기증은 원장과 김미진의 합의하에 결정되었다. 그런데 작품의 소유권자 김미진이 이제 와서 모르쇠로 대응하고 있었다.

―김미진 선생은 이럴 분이 아니에요.

박수재 원장이 난감한 표정으로 민가인을 쳐다보았다. 김미진을 어디까지 믿을 수 있으신가요. 그녀는 그 말을 묻고 싶었으나 삼켰다.

―김 선생님은 기증 건에 대해 더는 드릴 말씀이 없다고 하시네요. 일이 왜 이렇게 되는지 모르겠다, 실무자 장 팀장과 의견

이 다른 것 같아서 더 진행할 수 없다고 하십니다.

ㅡ그렇군요. 직접 통화해야겠네요. 민 선생, 휴대폰으로 전화해 보세요.

그녀는 김미진에게 전화했다.

ㅡ전시가 끝나면 재단에 '비상'을 기증하시기로 하셨는데요…. 어제는 그 말씀과 또 다르셔서 실례를 무릅쓰고, 다시.

민가인은 인사를 마치자마자 본론부터 꺼냈다. 그녀의 말이 끝나기도 전에 김미진의 목소리가 반사적으로 튀었다.

ㅡ무슨 소리 하시는 겁니까. 처음 조건과 달라서 곤란합니다. 재단에서 이렇게 일관성 없이, 말이 바뀌면 어떡합니까. 게다가, 전시 일정도 너무 짧고. 기증은 구두 약속이라, 불투명하고요. 이젠 작품만 거저 가져가겠다는 건데.

김미진의 목소리는 짜증스러웠다. 장윤주 팀장과 무슨 밀약이 오고 간 게 아닐까, 의심스러웠다. 전시 담당 민가인으로서 전혀 예상하지 못했던 반응이었다. 장 팀장이 한사코 조각전을 못마땅해했고, 작품 구입은 물론 기증까지 반대했기 때문이다. 하지만 원장은 이 전시에 자신의 명예를 건 듯 장 팀장의 의견을 일방적으로 묵살했다.

ㅡ아, 네. 원장님 의견에 장 팀장님은 다른 의견을 내지 않으

셨어요. 전시회와 기증 건을 동시에 진행하는 결론이 났는데요.

―무슨 말이죠? 또 말이 바뀌네요. 언제, 두 사람이 그렇게 합의했나요? 아, 머리 아프네. 이럴 거면 유작전도 하지 않겠어요. 번거롭고, 마음이 편치 않네요. 이 일은 처음부터 없었던 걸로 해도 좋습니다.

김미진이 불만을 토했다. 담당 민가인으로서는 어떻게든 김미진을 설득해야만 했다. 이번 건은 박수재 원장 취임 후, 민가인이 맡은 첫 전시였다. 윤수호 유작전은 이미 지역신문의 문화면에 소개되었고, 리플렛까지 2차 교정을 끝낸 후였다. 만약 일이 틀어지면 문화재단이 공신력을 잃고, 박수재 원장의 능력은 단번에 추락할 것이다. 그건 장 팀장이 바라는 일이었다.

―그냥 진행하세요. 이번에 우리 민 선생 능력 한 번 보죠.

민가인은 깜짝 놀라 휴대폰을 떨어뜨릴 뻔했다. 장윤주 팀장이었다. 언제부터 원장실에 들어왔는지, 전화 목소리가 들릴 만큼 가까운 곳에 있었던 것이다. 재빨리, 민가인은 휴대폰의 스피커를 손으로 덮었다.

―애초에 그 조각가로 결정한 건 원장님 아닙니까. 재단으로서는 아무 이익이 없는 일이에요. 할 수 없이, 추진하는 건데. 이제 와 잡음이 생기는 건…, 예상했지만요. 이건, 명심해요. 민 선

생이 모든 실무를 맡고, 끝까지 이 전시회를 책임지세요. 나는 손 떼겠어요. 기증 건도 완벽하게, 뒷말 없이 해결하시고요. 다시 말하지만, 작품 구입은 우리 재단 형편상, 안 됩니다.

장 팀장이 못을 박듯이, 민가인에게 책임을 떠넘겼다. 원장에게는 말도 걸지 않고, 눈도 마주치지 않은 채였다. 장 팀장은 원장을 의도적으로 무시하고 있는 것이다.

─전시회 진행도, 사회자 섭외도 민 선생이 전부 책임지세요. 나는 그 일에는 손을 뗄 테니 일체 도와달라는 말은 하지 말아요.

장 팀장이 못을 박듯이 차갑게 말했다. 그녀는 궁지에 몰린 느낌이었다. 혼자서 어떻게 하란 말인가. 전시회의 모든 경비는 장 팀장의 결재를 통과해야 했다. 난감했다. 장 팀장이 재단의 실세임을 뒤늦게 알았던 박수재 원장도 당황하긴 마찬가지였다.

문화예술팀 부서는 급조된 팀이었다. 원장이 민가인을 승진시키기 위해 급히 만들어진 부서, 라는 말이 돌았다. 직원들의 공공연한 질투와 선망은 그녀에게 불리했다. 민 선생은 원래 교육팀 소속이죠? 지금 직원들 간에 말이 많아요. 어쩌겠어요. 직원들이 원장님 지시에 반대하지는 않겠죠. 하지만 반드시 문제가 될 거라는 건 아시죠? 어쨌든, 민 선생은 직책으로는 교육팀 연구원이니, 달리 내가 할 말은 없고요. 장 팀장이 그녀에게 직접 말했다. 장 팀장의 지시대로 민가인의 기획안 결재는 안보남 교육팀장을 거쳐, 장윤주 행정팀장의 손을 건너, 최종적으로 원장이 직인을 찍는 방법을 택했다. 행정팀장 장윤주의 눈에 거슬리면, 모든 업무가 삐걱거리게 된다는 사실을 원장은 그제야 알았던 것이다. 모항문화재단이 처음 발족했을 때부터, 재단의 모든 행정과 건물의 운영이 장 팀장의 손에서 처리된다는 사실을 새로 부임한 원장은 처음엔 알지 못했다.

민가인은 눈치가 빠른 편이었다. 그녀는 장 팀장의 곱지 않은 시선을 의식하면서 김미진과 통화를 마저 끝내기로 생각했다.

─원장님이 먼저 김미진 선생님께 기증 의사를 문의했잖습니까. 그때, 긍정적으로 검토하신다고 해서 저는 그리 알고 있었어요. 이번 초대전이 끝나면 서울 전시를 하는데, 원장님이 적극 도움을 주겠다고 하시는데요. 지금, 선생님이 다시 검토하신다고 하신 말씀은 어떻게 이해해야 될까요.

─남편 작품이 이 지역에서 알려지지 않아서 그렇죠. 서울 전시는 이미 계획에 들어 있어요. 나도 중앙 화단에 인맥이 없는 건 아니고요.

김미진이 이어 말했다.

─하지만 잘 아시다시피, '비상'이 모항 바다를 배경으로 영원히 자리한다면 모항시의 관광 효과도 크다고 생각해요.

휴대폰 속 김미진의 목소리는 원장도, 장 팀장도 들을 수 있을 정도로 크고 또렷했다. 민가인은 힐끗, 장 팀장을 쳐다보았다. 장 팀장의 시선은 여전히 날카로웠다. 민가인은 장 팀장의 시선이 불쾌했고, 자존심이 상했다.

─그럼요… 그렇죠. 전시는 예정대로 진행돼야죠. 기증 건은, 원장님께서는 직접 방문하시면 좋겠다고 하시는데, 어떠신가요? 오셔서, 전시 작품의 위치를 결정해 주시면 좋겠습니다. 재단에서는 시청 관계자와 논의해서, 기증 건을 신속하게 서면으로 요청하겠습니다. 원장님은, 작품 소유권이 상부 기관으로 넘어가는 걸 고민하고 계십니다.

─기증 문제는 없는 걸로,

김미진이 다시 강조했다.

─기증 문제는… 없는 일…로 하시겠다는데요.

그녀가 더듬거리면서 김미진의 뜻을 원장에게 전달했다. 지척의 거리에서 장 팀장이 비웃는 듯 팔짱을 끼고 서 있었다. 그때였다. 원장이 그녀에게 휴대폰을 넘겨달라는 손짓을 했다.

─그러시면, 재단에 방문하셔서 결정하는 것이 좋지 않으실까

요. 꼭 그래주시면 좋겠습니다. 정 안 되면, 그리되면 너무 섭섭하고…. 장기적으로 볼 때, 재단에서는 '비상' 외에 다른 작품을 구입할 계획도 세우고 있습니다.

원장의 목소리는 거의 사정조였다. 굳이 저렇게까지 할 건 없다. 원장은 2년 임기를 채우면 재단을 떠날 사람이었다. 아무 연고 없는 모항의 문화예술을 위해 무언가 실적을 남기겠다는 건가. 그가 그토록 사명감이 있었던가. 원장은 지역 문화에 애정을 가진 사람도 아니었고, 무슨 일이든 열심을 내지 않는 성격이었다. 그런데 이번 일만은 뜻을 굽히지 않았다. 그녀는 그의 태도가 의심스러웠다. 이해할 수 없었다. 박수재 원장이 부임하기 전, 원장 자리는 공석이었다. 병역 문제에 걸린 1대 원장은 중도 하차 했고, 장 팀장이 원장 대행으로 재단 운영과 전시를 총괄했다. 장 팀장이 기획한 문화재단의 첫 전시는 실패에 가까웠다. 욕을 먹지 않을 정도의 수준이라고, 뒷담화가 무성했다. 모항 지역 한국화가는 그림은 물론, 굿즈 제작으로 상업성까지 얻은 중견 작가였다. 그의 그림은 공공기관에 주로 뇌물용으로 쓰였다는 등등, 말이 많았다. 장 팀장이 기획한 전시회는, 무명의 지역 작가에게 기회를 준다는 재단의 기본 취지와도 맞지 않았던 것이다.

민가인은 화가 치밀었다. 김미진은 결정을 보류하면서 태도가 변한 것이다. 최근 들어 원장에게 잔뜩 신경을 곤두세우는 장 팀장은 이것저것 불만이 많았다. 장 팀장은 벼르고 별러서 전시회 건으로 김미진을 만났을까. 박수재 원장을 엿 먹이고 싶은 장 팀장의 속셈은 어떤 것일까. 어떤 꿍꿍이가 있을까. 두 사람 모두, 각자의 입장을 고집했다. 윤수호의 작품이 재단에 남아 있는 건, 원장에게 실적이 될 것이다. 장 팀장은 이번 전시로 원장에게 밀리게 되는 걸까. 장 팀장에게 박수재 원장은 장애물이었다. 장 팀장은 원장이 부임한 이후에도 지역 정치인과 예술인들의 뒤에서 자기 실력을 행사했다. 박수재 원장은 나름대로 성과를 내려 했다. 장윤주 팀장은 원장이 직접 일을 벌이는 것을 좋아하지 않았지만, 지역 예술인들은 원장에게 호감을 갖고 있었다. 그들이 장 팀장을 무시하고, 원장을 직접 찾아와 문화예술 행사의 대관과 함께 금전적 지원을 요청했다. 그것이 장 팀장의 신경을 긁었다.

-직접 오신다면 이야기가 쉽겠습니다. 김미진 선생이 그렇게 배려를 해주신다면 좋겠습니다만. 가능하면 곧 뵙기를 바랍니다.

원장의 목소리는 정중했으며 간곡했다. 원장실과 맞닿은 행정실의 문이 열려 있었고, 장 팀장 뒤쪽에 어느새 안 팀장이 서 있었다. 둘의 조합은 원장에게는 불길한 징조다. 민가인의 머리에 또 다른 불안감이 번개처럼 스쳤다. 첫 부임지 모항이 자신의 순탄한 시작이라고 생각했을까. 그것은 원장의 섣부른 착오였다.

−그러면… 이제 원장님 의도는 제가 파악했고요. 시간을 낼게요. 이번 주 안으로 찾아 뵙겠습니다.

김미진의 목소리는 여유가 있었고 당당했다. 그때, 원장이 피곤한 표정으로 그녀에게 휴대폰을 넘겼다.

−네. 선생님. 방문 날짜를 빨리 앞당겨 주시면, 전시 진행에 큰 도움이 될 것 같다고 하십니다.

그녀는 원장이 하지도 않은 말을 김미진에게 전하느라 진땀을 흘렸다.

−네. 좋습니다. 일정을 조율하고, 내일쯤 연락할게요.

김미진이 먼저 전화를 끊었다. 그녀는 머릿속이 점점 복잡해졌다.

윤수호는 중앙 화단에서 알려진 조각가로 재단 건물 앞에 설치된 작품 '비상'은 현대조각대전에서 대상을 받은 작품이다. 그렇다고 해도 원장은 지나치게 '비상'에 집중하고 있었다. 잠시 설치했다가 철수할 작품을 두고 굳이 장 팀장과 신경전을 벌일 이유는 없었다. 작품을 원래 주인에게 돌려주면 그만이었다.

박수재 원장이 그의 도록을 참고하라고 그녀에게 내밀었을 때, 작품들은 기형적인 청동상이었다. 낯설었고 도무지 호감이 가지 않았다. 리얼리즘에 충실한 조각가, 어두운 시대를 극명하게 드러낸 작가. 윤수호의 작품은 보수 성향인 강한, 모항 지역 내 유지들이나 또 다른 작가들에게도 외면받을 것이 분명했다. 장 팀장 말대로 재단에 아무런 이익이 되지 못할 전시회로, 판매가 되지 않을 대작들이었다.

임기 끝나면, 아무 책임감 없이 훌훌 털고 떠날 사람이 왜 이 난리야.

장 팀장이 뒤에서 내뱉듯 지껄이는 소리를 들은 적이 있었다. 놀란 그녀를 보면서, 장 팀장이 싸늘하게 웃었다.

혹시 원장님이 조각가 부인과 무슨 거래가 있는 건가? 작품 가격 올리려고? 민 선생. 자긴, 원장님 편이지?

장 팀장의 얼굴은 지나치게 냉소적이었다.

-재단 운영상, 작품을 구입할 수는 없어요. 그건 원장님이 더 잘 아실 텐데요. 건물 입구에 설치된 작품이 표절로 문제가 생겨, 대신 임시로 설치했잖습니까. 논란이 된 그 작품은 아직 재

판 중이라 해결이 되지 않았고요. 그러니 이번 건, 제가 책임지지 못할 일이라 아예 나서질 않겠습니다. 하지만 여러 가지 정황상 앞으로 원장님이 곤란해질 건데 어떡하실 겁니까?

장 팀장의 말은 거의 협박조였다. 원장의 얼굴은 순간적으로 굳었다. 이건 선을 넘은 거야. 그녀는 가슴이 철렁, 내려앉았다.

―사실, 추모전시회는 내키지 않았는데, 비용을 전액 부담해야 할 초대전으로 반갑지 않았어요. 기증 건을 먼저 꺼낸 건 원장님이시고, 작품 구입에는 절대 반대합니다. 지역작가들이 트집 잡을 일이죠. 원장님이 오시기 전, 작가들의 작품을 재단에서 구입한 선례가 없어요. 오히려 작가들이 먼저 기증하려고 애를 썼는데…. 미술관 수장고에 보관된 작품들 안 보셨어요? 교육팀 업무를 분담해서, 문화예술팀을 만든 건 원장님이신데…, 민 선생이 기획한 첫 전시가 이렇게 큰 말썽이 될 줄 몰랐네요.

원장은 장 팀장과 언쟁을 하고 싶지 않겠다는 듯, 창밖으로 시선을 돌렸다. 그녀도 잠자코 있었다. 장 팀장은 천연염색 전시회가 무산된 후, 박수재 원장을 직접 건드리지는 않고, 민가인을 공격했다.

장 팀장이 싸늘한 표정을 풀지 않은 채 문밖으로 나갔다. 안 팀장도 뒤돌아 나갔다. 그녀가 차를 준비하기 위해 탕비실로 돌아가려 할 때였다.

―장 팀장이 지나치게 기고만장해. 민 선생, 어떻게 생각해?

그녀는 탕비실 문을 열다 말고 원장을 향해 뒤로 돌았다. 혼잣말인 듯 목소리가 작았으나 그의 찡그린 얼굴은 심상치 않았다. 그는 분노하고 있었다. 원장과 장 팀장은 신경전의 막판에 이른 것이다. 부임 초에는 원장이 기세를 잡은 듯했으나, 이번 건은 원장이 궁지에 몰리고 있었다. 장 팀장 뒤에, 지역구 국회의원이 있었다. 며칠 전, 원장보다 일찍 원장실에 도착했던 국회의원은 원장을 보자마자 욕설을 시작했다.

당신, 니미럴, 정 이렇게 굴면 재미없어.

국회의원이 탁자를 내리치는 소리가 들렸다. 탁자에서 녹차를 따르던 민가인은 뜨거운 물에 손을 델 뻔했다. 늙은 국회의원이 그녀를 위아래로 훑어보더니 의미심장하게 웃었다. 음험한 눈길이 피부를 날카롭게 찌르는 것 같아 그녀는 소름이 끼쳤다. 녹차를 내놓은 다음, 탕비실로 돌아갔다. 원장실에서는 두어 차례 국회의원의 큰 소리가 들렸다. 박수재 원장은 부임하자마자 압력을 느꼈다. 지역 유지들의 인사 청탁 때문이었다. 현직 국회의원의 인사 청탁은 더욱 골치 아픈 문제였다. 국회의원의 또 다른 조카 김은 경기도 왕주시의 컨벤션센터에 근무했다는 가짜 경력으로, 재단에 이력서를 제출했다. 원장은 내정된 김의 서류를 검토한 후, 장윤주 팀장을 불렀다. 서류에 문제가 있다, 위조된 경력이다, 면접은 없는 걸로 합시다. 장 팀장이 김에게 연락했고, 김은 국회의원에게 연락했다. 늙은 국회의원이 의원실로 원장을 호출했다. 오후 늦게 돌아온 박수재 원장 얼굴은 새까맣게 변해 있었다. 그날 이후로 원장은 자주 창밖을 내다보았다. 원장실 안쪽 창가에 장대처럼 서 있는 그를 지켜보던 그녀는 정체 모를 불안감에 휩싸였다. 멀리 바다를 내다보는 원장의 뒷모습은 자주 그녀의 눈에 띄었다.

4

　―정말 모르는 일입니까.

　법이 물었다.

　―정말 아무것도 몰라요.

　그녀는 힘없이 고개를 저었다. 법의 시선을 피하는 그녀의 얼굴은 굳은 채였다.

　―원장과 아무 관계가 아니라는 것을 증명할 수 있나요.

　법이 물었다.

　―네에.

　민가인은 떨리는 목소리로 대답했다. 아무런 관계가 아니라는 것을 증명하는 방법…. 그녀가 고개를 들었을 때, 법이 지장

찍기를 요구했다. 그녀는 진술서를 오랫동안 물끄러미 쳐다보았다.

*

앞으로는 바다가 보이고 뒤로는 멀리 공항이 보이는, 전망 좋은 아파트. 그들은 베란다 탁자에 앉아 함께 커피를 마시면서 하늘을 본다. 구름이 흘러가고 있다. 그가 노래를 부른다. 그녀가 어렴풋하게 들었던 음률이다. 겨울나그네, '홍수'를 부르는 그의 목소리에 쓸쓸함이 고여있다.

원장님은 여자가 많았던가요, 주변에?

쓸모없는 질문.

나는 스무 번째 정도인가?

쓸모없는 말.

산을 올라다니며 풍욕을 했지. 아무것도 걸치지 않은 채, 걷고 또 걸었어요.

왜 그랬나요?

그냥, 그랬어요.

왜요?

그냥, 아무 생각도 없었어요.

그녀는 궁금하다. 그의 쓸쓸함과 생각 없음, 무엇 때문인가.

잘못 산 것 같아요. 결혼은 했지만, 가정에 대한 책임감 없이 살았어.

그가 말한다.

삶이 너무 허무했고, 외롭고, 추웠어. 주말이면 산에 올라다녔지. 배가 고프면 선식을 먹고, 길을 걷다가 등산객들을 만나면 그들에게 밥을 얻어먹고, 내려와 술을 사고. 다시 또 걷고 또 걸었소.

왜요?

모르겠어요. 나는 바람이 좋았어요. 발가벗은 채, 풍욕을 즐겼소.

그러다 사람이라도 나타나면 어쩌려고.

그녀는 그가 알몸으로 산을 오르는 것을 상상하고 있다. 자코메티의 조각처럼 깡마른 그가 안쓰럽다.

요샌, 바순을 들어요.

그녀가 말한다.

바순, 듣기 좋지요? 관악기가 들을 만하죠. 바순은 부드럽고 따뜻한 소리가 나요.

그녀는 그를 올려다본다.

관악기는 클수록 좋은 소리가 나는 것 같아요.

그가 말한다.

밤이 흘러가고 있다. 가야 할 시간이다. 주말은 끝났고, 이제 일상으로 복귀해야만 한다. 떠나야 할 사람 그녀는 자리에서 일어선다.

와인 한 잔, 할까요?

그가 그녀의 팔을 붙잡고 있다.

아니, 가야죠.

그녀는 주말에 할 일이 많은 자신의 역할을 망각할 수 없다. 전문대학을 졸업한 이후, 아버지의 말에 따라 가장이 되었다. 그녀는 구도심의 오래된 아파트로 가야 한다. 주말이 되면 병든 어머니와 무능력한 아버지를 위해, 타지에서 대학에 다니는 남동생을 위해 반찬을 만들어야 한다. 싫다, 너무 싫다. 내 자유를 구속하는 가족들. 가족들이 갑자기 지겨워져 머리가 아프다. 내게, 이 시간을 선물하고 싶어. 나는 자유가 필요해. 그녀의 안에는 또 다른 세계를 욕망하는 여자가 있다. 생각지도 못했던, 전혀 다른 세상. 그녀는 그의 제안을 거절하고 싶지 않다. 이건 명령은 아니야, 그렇다고 내가 원한 것도 아니지. 그녀는 갈등한다.

공항을 오가는 도로에 불빛이 흐르고 있다. 차들은 눈부신 불을 매달고 바삐 지나간다. 연속무늬 같은, 이 삶은 영원히 계속될 것이다. 지겨운 생. 최근 들어 그녀는 자주 우울감에 빠진다. 일상은 무료하고 지루하고 권태롭기 짝이 없는 것. 내게 삶은 어떤 것일까. 그녀는 지금껏 한 번도 자신을 위해 살아본 적이 없었다.

와인을 한 잔, 합시다.

그가 다시 말한다. 그녀는 탁자를 정리하는 그의 뒷모습을 말없이 쳐다본다.

아내에게 편지를 쓰고 싶은데, 단 한 줄도 쓰지 못하겠어요. 난, 나쁜 남자라서 여자를 힘들게 해요. 미안하다고, 말해야 하는데 그걸 못 했어요. 게다가 악필이라 더욱 그래요.

그가 가인의 뒤로 다가와 어깨에 팔을 두른다. 너무 자연스러운 행동이다. 순간, 짜릿, 몸에 전율이 흐른다. 단 한 번도 느낀 적이 없었던 촉감. 그녀는 몸이 굳어버리는 것 같다.

악필이 어때서요. 필경사라는 직업이 필요했던 시절도 있었지요.

그녀는 '필경사 바틀비'를 생각한다. 죽어가는 바틀비를 떠올린다. 아무것도 하지 않으려는 바틀비. 오직 나를 위해, 다시 바틀비를 읽을 필요가 있을까. 나도 아무것도 하지 않고 살고 싶다. 시간이 멈춰버릴 수 있다고 생각해 본 적이 없다. 이처럼 낯선 그는, 어떻게 여기 모항까지 올 생각을 했을까. 생에 대한 의욕이라고는 보이지 않는, 그늘이 있는 얼굴, 얼굴이 말처럼 긴 그는, 파콥티콘처럼 각각의 방이 늘어서 있는 이상하고 기묘한 건물, 모항문화재단을, 비밀이 많은 이곳을 왜 선택했을까. 민가인이 물었을 때, 그가 말했다. 바다가 있어서요. 게다가 남쪽이잖아요. 따뜻한 항구도시 모항.

그의 방에서 담배 냄새가 흘러 다닌다. 혼자 사는 남자 그가 현관 쪽으로 다가가 문을 반쯤 열어둔다.

문 열지 말아요.

그녀는 반사적으로 일어나서 현관문을 닫는다.

왜 그래요?

그가 묻는다.

안 돼요.

그녀가 고개를 젓는다.

안 돼. 누가 들어오면 어떡해요.

그가 푸후, 하고 웃는다.

나는 그 어떤 여자에게도 이곳을 공개한 적이 없어요.

그가 거짓말을 하고 있다는 것을, 그녀는 알고 있다. 부임한 지 일 년도 되지 않는 그가 지역예술가들을 초대해서 가끔 홈파티를 열기도 한다는 것을 알만한 사람은 알았다. 민 선생도 조심해요. 원장님, 술을 너무 좋아하는 거 알죠? 장 팀장이 그녀에게 말했었다.

정말 편지를 쓰고 싶어요.

그가 서재로 간다. 그녀는 그의 뒷모습을 쫓는다. 와인셀러를 열고 골똘히 와인을 고르고 있는 그의 모습을 본다.

이게 좋겠죠.

와인의 코르크마개를 따면서 그가 말한다.

아내 말고, 내가 정말로 사랑한 여자가 있었죠.

그녀는 순간적으로 귀를 기울인다.

결국 헤어졌어요. 여자가 먼저 결혼해 버리는 바람에 미칠 것 같았어요. 그래서 아내와 사랑 없이 결혼할 수 있었던 거죠. 사랑이 없는 건, 결혼 생활에서 거래라고 봐요. 아내에게 미안한 일이에요.

그녀는 '부치지 못한 편지', 라는 시를 쓴 친구를 떠올린다. 일찍 결혼했으나 성격 차이로 이혼했다는 친구는 늘 사랑의 시를 썼다. 사랑을 잃은 자들은 사랑의 편지에 갈증이 나는 걸까.

난, 운이 좋았어요. 행정직으로 발령이 난 선배 덕에, 나도 지원서를 냈는데 모항에 첫 발령을 받았어요. 기적 같은 일이죠. 나는 내 인생을 이 항구도시에서 새로 시작하고도 싶었어요. 이 도시에 그 여자가 있죠.

그의 공허한 웃음은 그녀를 조롱하는 것 같다. 나를 놀리는 건가. 그가 그리워하는 여자는 누굴까. 그가 어떤 여자를 심중에 품고 있는지 그녀는 점점 궁금해진다.

첫 사람, 아니면 두 번째?

그녀가 묻는다.

아니, 다른 여자가 생겼어요.

그의 말에 그녀는 심장이 멎는 느낌이다. 그는 다른 여자가 누군지는 말하지 않는다. 그녀는 꿈을 떠올린다. 그의 얼굴이 흑빛이었다. 벗은 그의 몸은, 그녀의 꿈에 반복되어 나타났다. 불길한 일. 어쩌면 이런 말을 들으려고, 개꿈을 꾼 것인지도 모른다고, 그녀는 생각한다.

난, 색깔이 맑고 가벼우면서 깔끔한 맛을 좋아해요.

그가 와인을 잔에 따른다. 그녀는 와인 잔 속에 담긴 색깔을 자세히 본다. 붉은 벽돌색의 와인이다. 그가 와인 잔을 잡고 가벼운 스웰링을 한다. 향기를 맡기 위해 와인 잔 속에 코를 대고 있다.

이 음악, 뭐죠? 그 첼리스트, 아파서 죽었던…. 남편이 피아니스트 다니엘 바렌보임이죠.

아, 이 음악, 자클린의 눈물, 맞아요.

그녀는 '자클린 뒤프레'를 떠올린다. 고등학교 때 단짝이었던 친구는 실연을 당한 후, 스스로 세상을 버렸다. 그 뒤로 이 음악을 들으면 저절로 눈물이 나곤 했다.

요새 '말러 2번' 듣고 있네요. 원장님이 친구 조각가의 작품 '비상'을 이야기하길래. 합창 부분의 가사가 와닿아서.

나도 말러를 들어야겠네요. 윤수호, 그 친구가 말러 음악을 좋아했죠.

아, 친구… 윤수호 작가는 누구? 그 말은 속으로 삼키면서, 그녀는 잔을 기울여 향기를 맡는다. 와인의 맛은 혀끝에서 부드럽게 감긴다. 과일향 같기도 하고, 아로마향 같기도 하고, 버섯의 향기 같은 미묘한 향이 몸속에 스며드는 느낌이다.

버터 향이 이제야 나네.

그의 말에 그녀는 와인 잔에 코를 집어넣어 향기를 맡는다. 밤이 깊어가고 있다. 그녀는 자리에서 일어서려고 했으나 일어설 수 없을 정도로 취해있다. 나는 당신에게 누군가. 당신은 내게 누구인가. 혼란한 지금, 감정을 얼굴에 실어서는 안 된다. 당신에게 약해 보여서도, 우습게 보여서도 안 돼. 그녀의 얼굴은 의도적으로 무표정을 가장하다가 딱딱하게 굳어버린다. 내게 전혀 다른 세계가 들어오고 있다, 고 생각한다. 그녀는 비틀거리는 제 감정의 정체를 알 수 없다.

가슴 깊은 속에 어떤 여자가 살고 있어요. 그 여자는 가시처럼 내 심장을 찔렀어. 나를 고통스럽게…했어요. 나를 힘들게 한 그 여자….

그가 그녀를 성급하게 먹어 치우기 시작한다, 갑자기 짐승처럼. 그녀는 소름이 끼친다. 모멸감이 치밀어오른다. 짐승의 이빨에 살을 물어뜯긴 그녀는 비명을 지르며, 그를 죽여버리고 싶다고 생각한다. 자기를 잃어버리고, 자신이 생각한 세계를 잃고, 뜨거운 욕망과 뒤섞인 그녀는 죽었다. 그 밤, 집으로 돌아가지 못한다.

*

　김미진이 모항문화재단을 방문한 건, 민가인이 수도권으로 출장을 떠나기 일주일 전이었다. 민 선생이 맡아서 잘해주면, 문학관 연구직으로 이직할 수 있어요. 우리, 같이 갑시다. 장 팀장이 말했다. 모항시에 없는, 문학관을 설립하기 위한 첫걸음이었다. 민가인은 원장이 아닌, 실세 장 팀장 라인에 줄을 서기로 마음을 정했다.

　─어서 오십시오.

　박수재 원장은 김미진을 정중하고 친절하게 맞이했다.

　─천천히 차 한 잔 드시고 이쪽으로 오셔서 작품을 한 번 보시지요.

　원장은 재단 너머 바다를 보며 서 있었다. 모항문화재단은 바다가 보이는 언덕 위에 있었고, '비상'은 바다를 등지고 서 있다. 파도가 넘실거리는 바다에는 선박들이 몇 척 떠다니고 있었다. 그 멀리에는 신들이 함부로 던진 흙덩이 같은, 크고 작은 섬들이 흩어져 있다.

　─그다음, 내려가 작품을 보시는 게 어떻습니까. 저 멀리 바다를 한 번 보시죠.

원장은 유리창 가에 선 채로 말했다. 김미진은 다기 뚜껑을 들고 찻잎을 바라보고 있었다. 상대를 주시하면서 파악한 후에 자기 의사를 결정하는 건 계산된 태도일까. 논의가 본론으로 들어가면 김미진의 뜻이 훨씬 더 많은 비중을 차지하게 될 것이다. 느리게 차를 마시는 김미진을 주시하면서 그녀는 생각에 빠져 있었다. 김미진은 쉽게 일어서지 않았다.

　―민 선생도 이쪽으로.

　그녀는 원장이 서 있는 전면유리창 쪽으로 다가가 아래를 내려다보았다. '비상'이 보였다. 대지를 뚫고 솟아오르는 입상이다. 하체는 대지에 두고 고개를 뒤로 젖힌 채로 절규하는 인물. 신도 아니고 인간도 아닌, 중간계의 인물이거나 용맹스러운 전사처럼 보였다. 견고한 사각의 기둥 사이에서 빠져나가려고 몸을 비트는 형상으로, 저항하는 몸짓이었다. 바로 조각가 윤수호입니다. 시대와 체제에 굴복하고 싶지 않았던 거죠. 전시 기획안을 작성하기 전, 도록을 가리키며 원장이 민가인에게 설명했었다.

　―일단 저를 따라 잠시 내려가셨으면 합니다. 자, 내려가서 보신 후에 말씀을 드리지요.

　그녀는 그때, 김미진을 향해 몸을 돌리는 원장의 부드러운 미소를 보았다. 어떤 확신 같은, 불같이 치밀어오르는 질투를 느꼈다. 아팠다. 가슴이 심하게 조여드는 것 같았다. 김미진은 그제야 찻잔을 탁자에 내려놓고 유리창 쪽으로 걸어왔다. 그녀는 조금 옆으로 물러섰다.

하늘은 저물어 가고, 노을 지는 바다가 와인빛으로 점차 변해가고 있었다. 청동 거인의 뒤에 망망대해가 펼쳐져 있었다. '비상'은 바닷속에서 솟아오른 거인처럼 하늘을 향해 부르짖고 있었다. 거인의 울부짖음이 바다를 장악하고 있는 형상이었다. 청동인의 신체는 강건하고 힘찼다. 온몸은 비통한 울음소리로 가득 차 있었다. 그것은 바다를 배경으로 서 있어서인지 더욱 비장했다. '비상'은 절규 같은 것이었으나 불안과 공포는 아니었다. 신에게 구원을 요청하는 삶의 절박한 의지 같았다.

조각가 윤수호가 남긴 기록이 김미진 선생에게 있어요. 그가 자코메티를 좋아했죠. 그걸 민 선생이 볼 수 있다면, 소설 쓰는 데 도움이 많이 될 거 같은데.

원장의 목소리는 낮았다.

아, 네. 읽어보고 싶네요.

원장은 그때, 그녀의 말에 대답하지 않았다. 그가 이야기를 꺼낼 듯하다가 갑자기 멈춰버렸던 이유는 무엇인가.

―윤수호 작가의 의식이 투철했고, 정의감도 남달랐으니까….

김미진을 향한 원장의 눈길이 그윽하고 따뜻하게 보였다. 그들은 말이 없었으나 친밀한 사이처럼 굴었다. 아주 오래전에 알았던 사이처럼. 그녀는 면밀하게 그들을 관찰했다. 속마음을 드러내지 않기 위해, 시선을 바다 쪽으로 향하고 제 자리에서 한 발짝도 움직이지 않았다. 처음 느끼는 질투였다. 슬픔인 것도 같은, 알 수 없이 복잡한 감정들이 파도치듯 격하게 가슴을 뒤흔들고 있었다

김미진이 원장을 향해 웃었다. 무심코 김미진을 보고 있던 그녀는 충격을 받았다. 자신이 몰랐던, 둘 사이의 친밀도를 확인했다. 가슴 깊은 곳에 사는 어떤 여자의 존재, 저 여자인가. 그제야 그녀는 자신이 그 둘의 사이에 끼인, 하찮은 존재라는 것을 깨달았다.

- 먼저 뒤쪽 동백숲을 보시는 게 좋겠어요.

박수재 원장이 앞장서서 걸었다. 재단 건물 뒤쪽 산등성이에 동백숲이 있다. 지난겨울, 무성하게 짙푸른 잎사귀 속에서 피처럼 붉은 동백꽃이 피었다. 원장은 매일 동백나무 숲길을 산책했다. 원장의 뒤를 따라 직원들이 숲길을 걸을 때, 그녀는 먼 거리를 두고 떨어져 걸었다.

산으로 향하는 좁은 길이 나왔다. 오래된 고목 사이, 동백나

무들이 **빽빽**이 들어선 곳. 동백숲 높은 자리에 섰다. 원장이 서 있는 자리에서 바다가 보이는 곳, 윤수호의 '비상'이 눈에 들어왔다. 원장은 '비상'이 있을 곳으로 문화재단이 최적이라는 것을 김미진에게 보여주고 싶은 것이다.

-감사해요, 이렇게 보여주셔서. 저로서는 사실 긴가민가하다가… 실은 유작전도 뜻밖이었죠. 선배님이 그이 작품을 원하신다고 해서. 적극적으로 전시를 추진하신다니 저로서는 솔직히 좋았어요.

앞서가는 둘의 대화는 그녀의 귀에 들릴 듯 말 듯 했다.

-그 친구, 누구보다도 이 시대를 사랑한 조각가죠, 정치와 사회에 민감한, 시대의 현실에 저항하는 작업이었죠. 자신만을 위한 작업, 예술을 위한 예술을 하지는 않았으니까요. 수호의 작업 방식은 심미주의를 단호히 거부한 정직성이죠.

먼 거리였으나 정직성, 이라는 원장의 목소리는 민가인의 귀에 선명하게 들렸다.

-나는 꼭 이 바다 앞에 '비상'을 유치하고 싶었어요.

한참이나 앞서간 둘의 대화는 어느 사이, 들리지 않았다. 원장의 심장 속에 살고 있는 다른 여자, 긴 머리 여자 김미진.

그녀는 걸음을 빨리했다. 원장은 전시회를 앞두고서, 그녀를 피하고 있었다. 둘의 관계를, 없었던 일이었던 것처럼 행동했다. 마침내 전화 연락조차 하지 않았다. 윤수호 유작전을 논의하던 어느 날, 원장이 그녀에게 말했다.

이젠 먼저 전화하지 말 것, 쓸데없이 찾아와 나를 성가시게 하지 말 것, 내가 부를 때만 올 것, 그러나 항상 대기할 것.

그녀는 머릿속이 활활 타오르듯 뜨거워지는 것 같았다.

―어떻습니까. 내 제안이 터무니없는 건 아니지요?

―글쎄요. 기증해야 한다면 분명히, 그럴 생각도 있지요. 말하자면 현대미술관에 있는 작품처럼, 절차와 서면으로 확실하게 이루어져야죠. 그렇고요, 다른 작품 구입 건도 분명히 해주셔야 합니다. 선배, 아니 원장님이 예나 지금이나 서류에 좀 약하긴 해요.

김미진의 말이 끝나기도 전에 원장이 푸하하, 크게 웃었다.

―선배님, 그이 어머니가 작품 소유권을 주장하시는 거 아시죠? 제 임의대로 어찌 결정합니까? 지금은 시기적으로 좋지 않습니다. 전시회를 앞두고 있으니, 저도 생각할 시간이 필요해요. 가격 운운하시는 것은 그이 작업에 대한 예의에 벗어나고요. '비상'이 이곳에 방치되어 있는 것 같아서, 불편하기 짝이 없습니다. 임시로 설치했다는 말도, 몹시 불쾌했어요. 그이에게는 목숨

같은 작품이고요. 제게는 작품들을 소중히 관리해야 할 의무가 있습니다.

김미진은 진지한 어투였다.

―그러시겠죠. 충분히 감안했습니다. 기다리기로 하지요. 그리고 한 가지, 재단에서는 '비상'을 결코 방치하지 않았습니다. 믿으시고요, 곧 좋은 소식이 있기를 희망합니다.

그녀는 발소리를 죽이면서 그들의 뒤를 따라 걸었다. 그들의 대화는 업무 이상의 것은 아니었다. 원장은 윤수호의 작품을 재단 건물 앞에 설치함으로써 어떤 효과와 함께 실적을 노렸던 것일 수도 있었다.

상쾌한 바람이 그녀의 볼을 간지럽혔다. 그제야 동백숲에서 지저귀는 새소리가 맑게 들렸다.

―저도 관계자들 의견을 모아서 다시 연락드리도록 하지요.

원장의 곁에는 김미진이 있었고, 민가인은 그들의 뒤를 따랐다. 그녀는 세상에 없는 사람처럼 발소리를 죽이며 걸었다. 재단 건물 앞 '비상'이 보일 때까지.

―비바람 속에 버티고 서 있는 청동상을 매일 보고 있었죠. 이곳은 태풍이 몰아치고 일기가 불안정해서 파도치는 날이 많아요. 저 인물의 오목하게 들어간 모든 부분에 빗물이 고이고, 볼

록한 부분은 윤기 있게 씻겨나갑니다. 아주 우연히 발견했죠. 날이 청명하면, 찬란한 태양광선 아래서 눈부시게 빛이 납니다. 참으로 알 수 없이 매료되어 꼼짝할 수 없는 날이 있었어요. 희미한 여명 속에서 저 거인을 마주한 적이 있었어요. 동이 트는 바다를 마주한 채 서 있는데, 위대했습니다. 살아 움직이고 있었으니까요. 거인의 발걸음 소리가 들리는 듯했으니까요. 아시겠죠… 작품은, 사사로운 욕심 때문이 아니라는 것을 말하고 싶네요. 시청과 재단 실무진들과 충분히 논의된 연후에 연락을 드려야 하는데, 절차상 문제가 있었네요. 좀 성급했던 것은 사실입니다. 김 선생이 이 장소를 꼭 보러 오셨으면 하는 마음이 절실했다고 밖에 말씀드릴 수가 없어요.

원장의 말투는 정중했다.

― 모항에 발령받자마자, 처음 맞닥뜨린 게 수호의 작품이었어요. 바다가 보이는 쪽에 '비상'이 영원히 있어야 할 자리, 라는 직감이 왔죠.

그녀는 윤수호 유작전이 그의 계획 내에 있었다는 걸 확신했다. 그의 오랜 열정은 윤수호 작품 자체였을까. 아니, 김미진이다. 민가인 그녀에게 의심과 불안, 두려움을 가져온 정체는 김미진이었다. 박수재, 그에게 여자로서의 민가인은 존재하지 않았다. 그에게 그녀는 우연히 스치고 지나가는 존재, 마리오네트 인형처럼 조종할 수 있는, 장난감처럼 쉬운 존재였다. 버려진 인형이 된 기분을 참아내면서, 그녀는 그들의 뒤를 따랐다. 가슴이 찢어지는 것 같았다.

장윤주 팀장은 전시장을 한 번 둘러보고는 김미진과 의례적인 인사를 나눈 후, 사무실로 올라갔다.

김미진이 작품의 특장을 설명했다. 민가인은 한쪽 구석에서 김미진의 설명을 들으며 자기 느낌을 기록했다. 바닥에 엎드린 인체들을 본다, 라고 서두를 시작했다. 역사의 한순간을 뒤엎은 폭력이 있었다. 권력의 몸통 가운데를 철근이 통과하는 형상이 있다. 철근 쪼가리가 심장 속에 박혀 있고, 허공에 휘어진 철근들 사이로 권력의 목 하나가 놓여 있다. 권력은 무고한 시민들의 처절한 원한을 알고 있을까. 구덩이에 파묻힌 시체들 사이에서 겨우 살아난 자의 공포를 알까. 죽은 자는 말이 없지만, 살아남은 자는 죽음만도 못한 정신 분열의 삶을 영위하고 있다는 사실을 알까. 작품의 창작 동기를 들으며 그녀는 부지런히 기록했다. 텔레비전이나 어느 소설의 한 부분에서, 드라마에서, 다큐멘터리에서 볼 수 있는 5.18의 진실을 만나는 것 같았다. 절대권력의 잔학한 폭력의 진상을. 조각품에서 보았다. 대지 위에 널브러진, 조각조각 부서진 인체. 공포로 가득한 오월 광주를 드러내는 윤수호의 작품은 끔찍했다. 으깨진 몸이 말했다. 수많은 시민의 목숨을 빼앗은 권력자를 효수해야 한다고 부르짖고 있었다. 인간의 몸이, 파편처럼 흩어져 있었다. 다중인격자의 오만하고 잔학한 표정을 향해 누워 있었다. 전시장의 한 벽면을 차지한 것은 설치 작품이었는데, 그 느낌 때문에 가끔 소름이 끼쳤다.

그녀는 휘갈겨 쓴 자신의 필체를 보았다. 나도 악필이네. 그녀는 쓰게 웃었다. 그는 앞니가 드러날 만큼 환하게 웃는다. 난 악필이에요. 감정의 틈새 곳곳에 박수재 의 언어가 스며들어 있음을 뼈아프게 느꼈다.

원장은 그녀에게 셋이 함께 식사할 것을 제의했다. 그녀는 선약을 핑계로 사양했다. 혼자 돌아가는 길은 고통스러웠다.

*

출장에서 돌아온 월요일 아침, 그녀는 정시에 출근했다. 그녀는 엘리베이터를 타고 3층 버튼을 눌렀다. 원장실 문을 열어보고 싶었으나 직원들의 시선 때문에 참았다. 그녀를 보자마자, 안

보남 교육팀장은 출장일지를 메일로 보낼 것을 지시했다. 그녀는 장 팀장에게 발송했던 자료를 따로 작성해 안 팀장의 메일로 보내고 원장실로 향했다.

원장실에는 아무도 없었다. 유리창을 열고 환기를 시킨 후, 원장의 휴대폰 번호를 눌러 통화를 시도했다. 서너 번 시도했으나 끝내 받지 않았다. 그때, 날카롭게 가슴을 찌른 건, 두려움이었다. 불확실한, 아니 너무도 뚜렷한 예감이었다.

*

새벽, 휴대폰 벨이 울린다. 무음으로 해놓은 습관을 잊은 채, 잠이 든 그녀는 신경질적으로 휴대폰 액정화면을 노려본다. 박수재 원장님. 그의 호출이다. 가슴이 쿵, 하면서 천 길 낭떠러지로 추락한다. 검은 새벽녘, 전화벨은 끈질기게 그녀를 부른다. 그녀는 받지 않는다. 그는 술에 취한 상태인지 모른다. 나쁜 새끼. 그녀는 그를 밀어낸다. 휴대폰을 뚫어지게 응시하다가 이불 속으로 집어넣는다. 가슴이 두근두근 뛰고 있다. 어둠 속에서 그가 다급하게 그녀를 부른다. 항상 대기할 것, 이라고 했다. 받아야 하나. 벨이 계속 울리고 있다. 나는 네 인형이 아니야. 그의 전화는 집요하게 그녀를 찾다가, 저절로 끊긴다. 벨, 소리는 사라지지 않고 귓전에서 계속 울린다. 소리는 진동처럼 남아, 잠을 끝까지 방해한다. 그녀는 불안과 초조, 긴장 속에서 아침을 맞는다. 어떤 불길함이 뜨겁게 머릿속을 태우는 것 같다. 별일은 아닐 거야. 잘못 터치했을 수 있다. 언젠가 그랬듯, 전화를 검색하다가 손끝의 열기가 민가인이라는 이름을 슬쩍 건드렸을 수 있었다. 그랬을 것이다. 새벽의 전화벨 소리를 합리적으로 판단한 후, 민가인은 출근한다.

*

그녀는 행정실로 향했다.

―원장님께 무슨 일이 생겼을까요? 아직 출근하지 않으셨어요.

장 팀장이 그녀를 빤히 쳐다보았다.

―그건 민 선생이 더 잘 알지 않아요?

그녀는 순간적으로 당황했다.

―전혀 모릅니다. 저는 그동안 출장 중이었고요.

그걸 왜 제게 물어보십니까, 라고 따지고 싶었으나 그 말을 목구멍 깊은 곳으로 밀어 넣었다.

―그래요? 관용차 기사님이 외부 출장으로 자리를 비웠어요. 어떡하지? 내가 가볼 수도 없고. 뭐, 별일 있겠어요? 조금 더 기다려 보죠,

장 팀장이 책상 앞 컴퓨터 화면으로 시선을 돌렸다.

열 시가 되었다.

―할 수 없네. 내가 그쪽을 지나가는 길이니 내 차에 타요.

장 팀장의 지시가 있었는지, 안 팀장이 평소와는 달리 친절한 표정으로 말했다. 그녀는 가시방석에 앉은 듯 마음이 불편했다.

―조수석에 노트북이 있어서 복잡해. 뒷자리에 타세요.

안 팀장이 승용차 조수석에 앉으려는 그녀에게 말했다.

―무슨 일이 있으면 사무실로 연락해요.

안 팀장은 아파트 앞에 그녀를 내려주고 떠났다. 원장이 어떤 상태인지 확인하지 않고, 바삐 떠나는 안 팀장의 얼굴은 긴장되어 보였다. 지방문화정책 거버넌스 사례발표자로, 준비할 시간이 급하다고 했다.

멀리 갯벌이 보였다. 갯벌은 아득한 하늘 아래 펼쳐져 있었다. 바다는 햇빛을 받아 은색으로 빛나고 있었다. 바다는 그림처럼 정지되어 있었다. 갯벌에도 사람이 전혀 보이지 않았다. 그녀

는 그림처럼 펼쳐진 바다를 물끄러미 보면서 천천히 걸었다. 더욱 천천히. 마음과는 달리 걸음이 앞으로 나가지 않았다.

그녀는 아파트 앞에 한동안 서 있었다. 주차장에도 사람이 보이지 않았다. 너무도 이상한 일이었다. 적막할 뿐이었다. 엘리베이터에서 내려 복도 쪽 유리창 가에 한참 동안 서 있었다. 불안감 때문에 더욱 혼란했다. 그러다 마음을 다잡고, 벨을 눌렀다. 안에서 아무 응답이 없었다. 그녀는 머릿속이 텅 비어버린 것처럼 현관문 비번이 기억나지 않았다.

꿈속에서 둘은 현관문을 열고 밖으로 나온다. 그가 앞서고 뒤에 서 있는 그녀는 문을 닫는다. 문이 잘 닫혔을까. 그녀는 확인하기 위해 현관문 손잡이를 잡아당긴다. 그때, 은색 번호키가 통째로 떨어진다, 손을 대지 않았는데 문이 저절로 열린다. 그녀는 혼자 문을 닫으려 기를 쓴다. 그는 보이지 않고, 그녀는 문을 닫기 위해 애를 썼으나 소용없다. 문은 열려 있고, 방안은 아무 가구도 보이지 않고 휑하다, 거센 바람이 안에서 밖으로 태풍처럼 몰려온다. 그녀는 그를 부르려고 뒤를 돌아다본다. 그는 없다. 허허벌판에서, 그녀는 혼자서 서 있다. 돌풍이 더욱 거세게 분다. 그녀는 눈을 떴다. 이상한 꿈이었다.

그녀는 생각에 생각을 거듭한 뒤, 장 팀장에게 전화했다.

―문이 안으로 잠겨있고요. 벨을 눌러도 아무 기척이 없고요. 계속 전화를 받지 않으시니…. 무슨 일일까요?

장 팀장은 듣고만 있었다. 침묵이 길었다. 그녀는 숨이 막히는 것 같았다.

―무슨 일이 일어났을까요, 경찰에 신고해야 할까요?

―신고는 좀 빠른 것 같지 않아요? 혹시 핸드폰을 두고 어디 급히 나가신 건 아닌가, 싶네요. 어쩌면 서울 집에 무슨 급한 일이 생겼을 수도 있고요. 아직 열한 시, 조금만 더 기다려 볼래요?

장 팀장이 담담한 어조로 말했다. 아무 일도 일어나지 않을 거니까, 너무 걱정하지 않아도 된다는 말을 덧붙인 채.

그녀는 서둘러 엘리베이터에 탔다. 다시 아파트 입구로 나와 원장의 집 베란다 쪽을 올려다보았다. 유리창은 닫혀있었다. 아무런 인기척이 없었다. 그가 출근 시간을 어긴 일은 없었다. 정말 아무 일도 일어나지 않아야 할 것이다. 조바심을 누르며 기다렸다. 장 팀장에게서 연락이 오지 않았다. 회의장에 있는 안 팀장에게도 상황을 보고해야 할 필요가 있었다. 팀장님이 궁금하실 것 같아서 알려드려요. 원장님은 여전히 연락이 안 됩니다. 간단히, 안 팀장에게 메시지를 남겼다. 순간, 그녀는 머릿속이 복잡했다. 기다려야 한다. 혼자 섣부르게 행동해서는 안 돼. 신중해야 한다. 이 시간을 통과해야만 한다. 그녀는 중얼거렸다. 정신 차리자. 필연인가, 운명 같은 것. 그는 지금 이곳에 없다. 어디에 있는가. 그녀는 몸을 떨었다. 아파트 입구 계단 앞에 주저앉았다. 머리가 지끈거리고 어지럼증이 일어났다. 시야가 뿌옇게 흐려지는 것 같았다. 자리에서 일어섰을 때 윙, 하는 어지럼증이 일었다. 다시 주저앉았다.

그는 자주 죽음을 이야기했다. 그때마다 그녀는 칼이 가슴을 찌르는 것처럼 아팠다.

*

포레의 레퀴엠을 들어보세요. 모차르트의 레퀴엠과는 느낌이 다를 겁니다.

그가 레퀴엠을 듣자고 했으나, 그녀는 반응하지 않는다.

나랑 같이 죽을 수 있는 사람, 민 선생. 맞죠?

그가 재차 말한다.

왜 대답하지 않아요?

그녀는 여전히 입을 열지 않는다. 그의 감정은 거짓, 그의 감정은 과잉 상태. 그녀는 그를 경계하면서 긴장한다.

오늘은 베토벤을 들을까요. 오랜만에 운명을 들어볼까요.

베토벤의 운명 1악장. 강렬하고 빠른 템포. 운명이란, 이처럼 강렬하고 절박한 것인지도 모른다. 운명이란, 장난처럼 운명을 속인다. 정열이 운명인가, 정념이 운명인가. 그녀는 생각한다. 이것이 사랑이라면, 끝까지 거부할 것이다.

그녀는 그의 뒤를 따라 걷는다. 공항이 보이는, 두 동의 아파트 사이로 난 산책길을 지난다. 아파트 단지를 지나쳐 걷는다. 아파트 단지 건너편에 원주민 마을이 있다. 갈대밭 사이를 지난다. 논두렁이 보인다. 논은 말라 있다. 마른 볏짚과 늙은 풀이 숨어있는 작은 삿갓배미 논을 밟으면서 걷는다. 둘은 식당으로 들어선다. 노인들이 탁자를 차지하고 있는 식당이다. 빨간 털모자를 쓴 노파가 식당 입구에서 담배를 피우고 있다. 어딘지 단단한 고집이 있어 보이는, 세월을 초탈한 듯 보이는 노파. 노파의 담배 피우는 손은 아름답다. 노파의 손등은 손가락 하나하나의 매듭이 원형 반지처럼 굵다. 그녀는 담배 연기가 떠도는 허공을 쳐다보다가 주름살이 깊은 노파의 얼굴을 본다. 그가 의자에 앉는다. 그녀는 그를 보고 마주 앉는다. 둘은 노파가 차려주는 따뜻한 밥상을 받는다. 모항시에서 그녀와 함께 밥을 먹을 수 있는 남자는 없었다. 이 남자와 함께 밥을 먹고 커피를 마시고 음악을 듣고 와인을 마시고, 그리고 사랑을 하고…. 아니, 사랑은 가능하지 않다. 그것이 곧 끝이 되고야 말 것이다. 그녀는 생각에 빠져 밥을 먹는다. 그는 막걸리를 가져와 양재기 그릇에 따른다. 그가 준 막걸리, 첫 잔은 상쾌하다. 그는 즐겁게 마시면서 점점 취해가고 있다. 노인정 식당은 욕설 아닌 욕설과 고성이 오간다. 원주민 마을 노인들의 목소리는 높고 크다. 그녀는 그 장소가 너무 낯설어서 비현실적으로 느끼고 있다.

그녀는 그가 피우는 담배 연기를 피해 지그재그로 걷는다. 바람이 자꾸 방향을 달리해서 그녀의 걸음은 어쩔 수 없이 바쁘게 흔들린다. 이 시간은 왜 이리 낯선가. 곧 끝날 것이다. 이 시간이 오래 갈 수 없다는 것. 그녀는 차가운 현실을 직시해야 한다고 생각한다.

*

─현관문 비번. 원장님 주민번호 앞자리.

장 팀장이 카톡으로 문자를 보냈다.

─원장님 주민번호 몰라요.

그녀는 카톡으로 답장했다. 몸을 떨면서, 손가락을 떨면서.

−비번, 문자로 보내주세요. 문 열어볼게요.

그녀는 바짝 긴장한 채로 휴대폰을 노려보고 있었다. 원장의 주민번호가 떴다. 그제야 비밀번호가 겨우 기억났다. 그녀는 잔뜩 긴장한 채 번호키를 천천히 눌렀다. 손가락에 힘이 빠져나간 그녀는 번호를 제대로 누르지 못해 자꾸 실수를 거듭하다가, 겨우 현관문을 열었다. 문을 열자마자 휙, 하는 검은 장막이 그녀를 죽음처럼 덮쳤다.

그녀는 박수재 원장의 사체를 발견한 최초의 목격자가 되었다.

10일 오전 10시께 모항시 H아파트에서 박수재(42) 모항문화재단 원장이 안방에서 숨져있는 것을 재단 직원 민모(37) 씨가 발견했다. 민 모 씨는 원장님이 출근하지 않아 관사에 가보니 현관문이 잠겨있었다고 했다. 발견 당시, 사건 현장은 방안 유리창 창틀이 모두 청테이프로 가려져 있었다. 경찰에 따르면, 박 원장이 문화재단 지원금 횡령, 지역 예술인에 대한 편파적 지원과 성폭행 사건에 연루되어

내사 중이었다고 밝혔다.

부검 결과, 질식으로 인한 자살로 판명이 났다. 이 사건은 원장이 스트레스와 우울증으로 인한 극단적 선택이라고 경찰이 결론지었다. 내부고발 제보자가 익명이었고 충분한 증거자료가 나오지 않은 상황으로, 경찰은 박 원장에게 압력을 행사하거나 직접 소환한 사실은 없었다고 해명했다.

장 팀장이 언론에 보도자료를 보냈다. 장 팀장이 쓴 보도자료는 별다른 수정을 거치지 않고 중앙지와 지방지 사회면 단신으로 정리·발표되었다. 어느 성의 없는 중앙지 기자는 국가공무원 기관장의 죽음을 지역소식 하단에 단신으로 처리했다. 일부 신문기자들이 문장을 멋대로 삭제하기도 했고, 직접 취재한 것처럼 현장을 구체적으로 표현했다. 모항시의 어느 국회의원은 젊은 원장의 타락한 면모를 부각시키는 칼럼을 썼다.

안 팀장은 직원들의 상상력을 자극했다. 사건의 열쇠는 저 비정규직이 쥐고 있어. 직원들은 사건의 열쇠는 저 비정규직이 쥐고 있대요, 라고 차를 마시거나 식사 중에 언뜻언뜻 옆 사람에게 흘렸다. 그들은 민가인을 '저 비정규직'으로 불렀다. 민 선생, 이라고 부른 사람은 유일하게 원장이었고 장 팀장은 호칭을 부르지 않다가 원장 앞에서만큼은 민 선생이라고 깍듯이 대했다. 그 외, 직원들은 그녀를 투명인간 취급하곤 했다. 그녀는 하필 그 날, 원장의 사택을 혼자 방문했다. 죽음의 최초 목격자는 필연적으로 용의선상에 오르거나 죽음의 제공자가 되기도 한다.

직원들은 그녀를 의도적으로 흘낏거리면서 쳐다보거나 무관심한 척했다. 그는 왜 자살한 것인가. 그의 우울하고 비관적인 생각이? 아니다. 친구 윤수호의 추모전을 기획하고, 전시회 중인데 자살했다. 그건 믿을 수도, 이해할 수도 없는 일이다. 도대체 무엇 때문에…? 무슨 일이 일어났을까. 그동안 그의 집에 누가 왔다 갔을까. 그는 누구를 만나 무슨 말을 들었던 것인가. 그가 목숨을 버릴 만큼 절박한 것은 무엇이었나.

그녀는 의문을 접고 침묵한 채, 그 어떤 누구에게도 끝까지 입을 열지 않았다.

*

잘 들리죠? 도니제티, 남몰래 흐르는 눈물이에요.
먼 곳에서, 휴대폰 속에서 그가 말한다.
아니, 잘 안 들려요.

그가 볼륨을 높이는 것 같다. 더욱 크게 들리는 음악.

여기는 극장 앞이에요.

시끄러운데…. 아, 남몰래 흐르는 눈물. 그거 알죠. 잘 알죠.

그녀는 파바로티의 목소리를 듣는다.

내가 더 이상 무엇을 바라겠어요. 내가 더 이상 무엇을 바라겠어요. 죽기 전에, 당신을 만나서 다행이에요. 정말 다행이에요.

그 목소리는 누구 것인가. 파바로티의 것인지, 자기 것인지, 그의 것인지, 그녀는 끝까지 혼란스럽다.

그가 잔에 와인을 따른다. 와인의 향기는 미묘하고 우아한 느낌을 준다. 와인을 마신다. 빛깔은 연한 루비색. 잔에서 와인이 적응하는 시간과 그녀가 그에게 적응하는 시간이 흐른다. 그가 와인을 마신다. 와인 잔에 입술을 대고 와인을 마시는 순간, 그녀는 강한 충동을 느낀다. 입맞춤의 순간. 와인 잔이 입술에 와 닿는 촉감을 느낀다. 그것은 마치 첫, 날카로운 접촉일지 모른다. 그녀는 위기의식을 느낀다. 안기고 싶다, 욕망은 위험하다. 접촉하고 싶다는 것, 그것은 접속이다. 접촉은 밤의 것, 접속은 낮의 것. 그리고 다음에는 무엇이 기다리고 있을까. 접촉은 밤의 환상이다. 아침 동이 터서 눈을 뜨고 깨어나면, 환한 햇빛이 이곳을 침범할 것이다. 그녀는 혼자 비참해지거나 비루해질 것이다. 그의 애무를 구걸해서는 안 된다. 사랑을 몸의 접촉으로 시작하면 안 된다. 그의 욕망과 거짓 사랑. 그의 애무는 마약 같은 것. 마약이 될지도 모를 접촉을 시작하면 안 되는 이유다. 그와의 접촉이 사라지는 순간, 헛된 욕망도 사라질까. 잠을 깬 욕망이 목이 마르는 건 순간이다. 몸의 감각이 깨어나는 것도 순간이다. 그녀는 입술 안쪽 살을 깨물고 있다.

*

박수재 원장이 죽던 날, 장 팀장은 5층 객실에서 보이시한 여자와 함께 깊고 어두운 밤을 건넜다. 새벽을 맞은 뒤, 그녀들은 다정하게 팔짱을 끼고 엘리베이터를 통해 은밀하게 빠져나갔다. 가끔 있는 일이었다. 5층 숙박객은 장 팀장과 본인들 외에는 아무도 몰랐다. 미화팀 직원들은 이른 아침에 출근해서 객실 청소를 했다. 평소처럼, 밤의 흔적을 깔끔하게 없앴다. 장 팀장은 VIP 고객들을 위해 CCTV를 설치하지 않았다. 원장은 장 팀장의 상대가 누군지 알아버린 걸까. 장 팀장은 원장의 비밀을 남김없이 손에 넣은 걸까. 그렇다면 장 팀장은 원장이 자살한 이유를 알고 있을지도 모르겠다. 원장에게 나 아닌, 부적절한 관계의 또 다른 여자가 있었다는 것. 여자관계가 너무 복잡해. 장 팀장이 내게 귀띔해 준 이야기는 사실인가. 긴 머리 그 여자는 그의 아파트에 드나들었을까. 사건의 열쇠는 장 팀장이 손에 쥐고 있을지 모른다. 그러나 증거는 없었다. 민가인은 추리에 추리를 거듭하면서 있을 법한 일을 상상했다. 여전히 혼란했다.

5

 법이 참고인 조사를 다시 시작한 건 새삼스러웠다. 재조사를 해 달라는 제보자가 있었다는 이유였다.
 ─우리도 알아요. 청탁 건도, 횡령 건도 모두 사실이 아니라는 거. 그런데… 국가인권위원회에서 재조사를 한다고 하니까요. 사람이 죽었는데 참, 난감하지만 어쩔 수 없어요.
 ─어쩌면 원장님은 그 가짜 내부고발로….
 그녀는 끝까지 말을 잇지 못했다. 두 입술을 꾹 다물고 손으로 틀어막았다.
 ─이봐. 그건, 아니잖아! 사건을 원점으로 돌리게 생겼어, 지금. 상황이 어떻게 된 줄 알아요?

법이 그녀를 노려보면서 호통을 쳤다. 그녀는 생수병을 들어 바짝 마른 목구멍 안으로 들이부었다.

장 팀장이 법에게 원장의 신상 자료를 제출했다. 박수재 원장은 서울 봉천동에 위치한 명문대 출신이었다. 캠퍼스 커플과 결혼해서 딸 하나를 두었으나 남해 모항시로 발령을 받았다. 관사로 지어진 한옥 대신, 이십사 평 아파트에 혼자 살고 있었다. 원장이 한옥을 싫어한 이유는 가족이 내려오지 않았기 때문, 이라고 장 팀장은 덧붙였다. 임기를 마치면 수도권으로 돌아갈 생각을 하고 있더라, 라고 진술했다.

-원장님은 유별나게 청렴하시죠. 예술가들과 만나 취미생활을 즐길 뿐이지, 특정 예술가에게 뇌물을 받거나, 직권 남용하는 그럴 분은 아닙니다. 다만, 성추행 문제는, 성폭행으로… 여자 문제는 사생활이라…. 모릅니다.

안 팀장은 젊은 원장이 외로웠을 거라고 말했다.

-명문대 출신이 왜, 하찮은 인턴들한테 그러겠어요? 있을 수 없는 일입니다. 합리적으로 생각해 볼 때, 그건 아니죠.

-그건 모르는 일이죠. 알 수 없어요. 남자들이란….

장 팀장은 그럴 수 있는 일이라고, 민가인을 의심 선상에 두었으나 말로 뱉지는 않았다.

―아니, 말이 되질 않아요. 수준 떨어지게! 남자들은 똑똑한 여자를 애인 삼고 싶어 합니다. 나부터! 그렇게 잘난 원장님이 뭐가 아쉬워서요?

　거들먹거리기 좋아하는 안 팀장은 음흉하게 웃었다. 비정규직과는 말도 섞고 싶지 않다, 라고 했던 안 팀장. 그는 사건 당일, 비정규직 민가인을 자기 차에 태워 원장의 집 앞에 내려주고 떠났다. 이해하기 힘든, 의심스러운 친절은 안 팀장의 의지가 아닌, 장 팀장의 지시였다.

　―원장님이 실적을 세우려고 지나치게 열을 냈죠. 성실하지만, 사생활은 아무도 모르는 일이고요. 특이한 점은, 어떤 여직원에게 지나치게 친절하긴 했어요.

　법이 민가인에게 말하기를, 장 팀장의 진술이 안 팀장보다 더 사실에 가깝다고 했다.

　민가인은 침착하게 대답했다. 지방대를 졸업한 후, 취준생으로 전전긍긍하다가 모항문화재단에 취업했다. 필기와 면접시험에서 통과된 것은 운이 좋았다. 배경이 좋은 것도 아니고, 추천을 받을 만한 인맥이 있는 것도 아니었으나 소설로 등단했다는 이유로 원장에게 좋은 점수를 받은 것 같다고 했다.

　―스펙이 좋은 사람들도 면접에서 밀려났어요. 일부 직원들이

뒤에서 수군거렸죠. 이상하다고, 신경을 곤두세웠죠. 어차피 오래 못 견딜 거야. 다들 뒷담화를 하면서 분노하는 직원이 많았어요.

장 팀장이 말했다.

법은 정신과 치료를 받고있는 그녀에게 관대했다.

—민가인 씨와 연관된 결정적인 증거는 없어요. 그저, 지금처럼 입만 다물면 됩니다.

법은 윗선의 지시가 있었다는 것을 은근히 드러냈다.

퇴근 시간, 직원들은 파티션 안쪽에서 일에 열중했다. 그들은 야간 근무를 끝내고 밤 열 시 이후에야 손가락을 지문인식기에 집어넣을 것이다.

—먼저 퇴근할게요.

그녀가 가방을 어깨에 메고 나오면서 직원들에게 한마디 인사를 했다. 아무도 대꾸하지 않았다.

그녀는 넋이 나간 사람처럼 허청거리며 걸었다. 걸음은 점점 무거워졌다. 아스팔트 포장도로 위에 신발 자국이 숨어들어 패였다. 걸어간 자리마다 땅이 꺼져버린 흔적이 생겼다. 알 수 없는 일이었다. 몸이 점점 땅 밑으로 꺼지는 것만 같아 재빨리 걸음을 옮겼다. 발자국이 공룡 발자국 화석처럼 깊고 단단히 패여 있었다. 그녀는 화석이 될 것만 같아 무서웠다. 걸음은 어쩐 일인지 제자리에서 조금도 나가지 못한 채였다. 아래, 땅이 내려앉는 것만 같았다. 해가 지쳐 노을이 되었을 때, 그녀는 자신의 길고 가느다란 그림자를 모래주머니처럼 질질 끌면서 걸어갔다. 뼈가 피부 바깥으로 튀어나올 듯, 그녀의 걸음걸이는 힘들어 보였다.

밤을 건너 새벽까지 뒤척거리다 그녀는 겨우 잠이 들었다.
새벽에 벨이 울린다. 받지 않는다. 그가 전화한다. 받지 않는다. 그녀는 신경질적으로 눈을 뜨고, 휴대폰의 최근기록을 삭제한다.
깜짝, 잠에서 깬 그녀는 휴대폰을 확인하고 망연히 누워 있었다.
비몽사몽의 시간, 그녀를 괴롭힌 건 몹쓸 상상력이었다. 그와 김미진이 뒤엉켜 있는 장면, 김미진이 예술인마을에서 차를 몰고 나와 그의 아파트로 들어가는 광경, 그리고 그의 침대로 자연스럽게 엎드리는 장면을 떠올렸다. 그는 내 몸을 만질 때도 김미진을 떠올렸을 것이다. 긴 웨이브 머리카락, 풍만한 몸, 차가운 듯하면서 우월감이 돋보이는 미소. 그는 나를 만질 때, 김미진을 상상했을까. 그래서 내 등에 손가락으로 그림을 그렸을까. 등허리를 이젤 삼아 붓질하듯 가벼운 터치를 하다가, 물감을 찍어 그리듯 김미진의 안으로 깊숙이 들어가는 생각을 하고 있었을까. 그렇게 내 안을 뭉개듯 들어왔는가. 출장 떠나기 전, 그녀는 새벽 바닷가를 지나 갯벌을 지나 공항이 보이는 그의 아파트로 가고 싶었다. 그녀는 그 시간에 택시를 불러 기차역으로 향해야 했다.

*

그녀는 택시에서 내린다.

동이 트는 아침, 그녀는 그의 창문을 물끄러미 올려다본다. 서성거리다 정신을 차렸을 때, 힐끔거리고 지나가는 주민들을 의식한다. 무슨 생각이 들었는지, 그녀는 엘리베이터 앞으로 간다. 통로 안으로 아침 햇빛이 밀물처럼 스며든다. 그녀는 엘리베이터 안으로 들어가 14층을 누른다. 현관문 비번을 누른다. 문이 열린다. 안에서 세찬 바람이 부는 느낌이다. 바람은 몹시 싸늘하다. 그녀의 시선에 타원형 식탁이 들어온다. 먹다 남긴 와인 잔 둘, 두 개의 접시 위에 치즈 조각과 구운 아스파라거스가

포크에 찍힌 채 놓여 있다. 다 비운 와인 병이 있다. 그녀는 정신을 차릴 수 없다. 그는 어디로 갔는가. 누가 왔다가 떠났는가. 갑자기 소름이 끼친다. 제 속에 악마가 있다. 그녀를 조롱하는 것, 불처럼 뜨겁게 타오르는 것, 눈이 있으나 제대로 보지 못하는 그것. 그가 김미진과의 관계를 털어놓고 말한 적은 없었다. 동백숲길에서 그가 미진에게 손을 들어 활짝 웃었던 것이 전부였다. 그러나 그것이야말로 자명한 진실이다. 그가 숨긴 것이 아니라 말하지 않았던 건, 김미진의 존재 아니겠는가. 그녀는 아득한 낭떠러지에 서 있는 느낌이 든다. 그건 꿈속이었을까. 아니, 현실이다. 가끔, 그녀는 자신의 기억을 믿을 수 없다.

그녀는 길 위에서 서성거리며 출장지 티켓을 다시 확인한다. 하얀 모자를 깊이 눌러 쓴다. 기차역으로 가는 동안, 택시 안에서 온몸을 부들거리며 떤다. 그날, 그녀는 혼란에 빠져 모항시를 떠난다.

*

박수재 원장은 지나치게 의욕적이었다.

윤수호 조각가의 유작전으로 합시다.

박수재 원장이 결정했을 때, 장 팀장은 황당한 얼굴로 행정실로 돌아갔다. 자기가 추천한 천연염색가에게 미안한 일이 되었다고 말하는 것을 들으며, 민가인은 마음이 불편했다. 그녀는 빠르게 걷은 장 팀장의 뒷모습에서 분노를 알아챘다. 장 팀장은 흔들리는 감정을 참느라 결재 서류를 손에서 놓쳤다. 팽창하다 뻥, 터져버릴 것 같은 감정을 겨우 누르고 있었던 것이다.

이번 전시는 재단을 위한 것이니, 더욱 신경을 써야 합니다.

원장이 말했을 때, 민가인은 장 팀장이 허리를 구부리면서 서류를 집어 들고, 행정실 문고리를 세게 잡아채는 것을 보았다.

미술 전공도 아닌데 작품을 보는 안목이 뛰어났어요.

원장이 그녀에게 말했다. 그녀는 원장의 부드러운 말에 한껏 고무되었다.

그들은 원장실 업무용 탁자에 함께 앉는 시간이 잦아졌다. 전시회 일정, 작품 배치와 해설에 대해서 논의했다. 그녀는 원장의 뜻에 따라 문화예술팀에 모든 정신적 에너지를 쏟았다. 그녀는 윤수호의 도록을 꼼꼼히 검토했다. 원장은 추상화가 김미진의 프로필까지 건네주었다.

조각가의 아내예요. 결혼한 후에는 활동하지 않았는데, 아까운 작가죠.

그녀는 대꾸하지 않았다.

민 선생은 얼굴에 표정이 없어요. 도무지 감정이 없다구. 작품을 가장 잘 느끼고 제대로 볼 줄 아는 사람이 말이죠. 감정을 그렇게 억압하는 이유가 뭡니까. 입을 다물고, 묻는 말에 대답하지 않으면서. 속을 알 수 없다고 할까.

원장은 낮은 목소리로 나무라듯 말했다.

지금도 마찬가지예요. 감정이 어떤지 말로 표현을 해야 합니다. 도대체 무슨 생각을 하고 있는지 알 수 없을 때가 있어…. 가끔, 무섭다는 생각이 들어요. 자기감정에 솔직해지는 연습을 좀 하세요.

그녀는 가슴이 무너지는 것 같았다. 들키고 싶지 않은 속마음을 어떻게 솔직하게 표현하라는 건가. 면접 때, 원장의 시선을 의식하지 않고 생각한 대로 질문에 대답했다. 합격을 기대하지 않았다. 그녀는 면접관들을 의식하지 않고, 모항시 문화예술에 대해 느낀 대로 이야기했다. 장 팀장이 눈치 없이 당당한 그녀에게 점수를 주지 않았던 이유가 그것인지는 알 수 없다. 문화예술팀을 신설해서 책임을 맡긴 원장과 얼떨결에 친해졌다. 원장이 다가왔을 때, 경계심이 발톱을 세웠다. 불안감이 그녀의 가슴을 갉아 먹었다. 혼란이 시작되었다.

어느 밤, 그와 함께 있다가 새벽을 맞았다. 원장의 사택을 떠나는 순간부터 누군가 지켜보는 눈이 있을까, 전전긍긍했다. 사적인 관계의 시작은 참혹했다. 객관적으로 말하면 폭행일 수 있었다. 사랑이 주관이 아니라 객관이라면, 그렇게도 말할 수 있을 것이다. 나는 당신에게 어떤 존재인가. 섹스에 이르는 과정은 자발적이지 않았다. 비록 비밀스러운 관계에 동의했지만, 그녀는 억울했다. 새벽에 택시를 불러 무사히 원룸으로 돌아왔다. 잠들지 못하다가, 깜박 잠에 빠졌다.

그는 얼굴이 칠흑처럼 어둡다. 그녀는 감옥의 간수처럼 유리창 안에 갇힌 그를 쳐다본다. 밤처럼 어두워진 표정의 그가 사라진다. 홀연히, 유령처럼.

그녀는 눈을 떴다. 꿈은 불길했다. 그녀는 그를 원망했다. 동이 트는 아침이 다가올 때까지 잠들지 못했고, 목이 타는 듯이 뜨겁고 아팠다.

아침, 그녀는 철갑옷을 입고, 철가면을 쓰고 아무렇지 않은 듯 출근했다. 귀에 윙, 소리가 들렸다. 이명의 시작이었다. 말을 시작하면, 말의 총알이 탕, 자기를 향해 날아오는 것 같았다. 일찍 출근한 직원들이 이상한 시선으로 흘끔거리는 것 같았다. 사무실이 다른 나라처럼 느껴졌다. 근무 중일 때는 원장 앞에서 투명인간처럼 행동했다. 감정을 배제한 얼굴로, 없는 일을 만들면서 바쁘게 지냈다. 어떤 누구에게도 드러낼 수 없는 갈등이 시작되고 있었다.

이걸 읽어봐요. 이 글 속에서 리플렛 문구를 뽑아내도 좋고요. 보도자료 쓸 때도 참고해도 좋고.

원장은 미술 잡지 『관객』을 내밀었다. 민가인은 제 자리로 돌아와 잡지의 페이지를 넘겼다.

> 내가 그와 마주친 건 어느 조각가의 전시회 뒤풀이 자리였다. 나는 좀 떨어진 자리에서 그를 보았다. 그는 술에 취해 떠들고 있었다. 이단아처럼 강렬하고 폭발적인 느낌. 그는 자신만만한 태도였다. 눈은 퀭하니 들어가 병색이 완연했으나 눈빛만은 뚫을 듯 날카로웠다. 작은 체구의 그를 십여 년 동안 만나지 못했던 건, 그가 평단과는 무관하게

작업을 했기 때문이다. 나는 그와 고등학교 시절에 둘도 없는 친구였다. 그러나 어떤 세월의 힘이 서로에게 등을 돌리게 만들고 말았다. 그날, 술에 취한 그에게 내가 말했다. 작품만 하다가 죽을 놈. 그 말은 현실이 되고 말았다. 재능 있는 조각가의 예정된 운명을 내 입으로 말해놓고, 등을 돌리고 그 자리를 떠났다. 한 달 후, 나는 그의 부고를 받았다.

'내가 만난 윤수호'는 미술평론가 박수재의 글이었다.

모란공원의 조형물로 세워진 작품 '비상하는 도시'는 우리가 외면할 수 없는 역사적 진실이다. 아주 짧은 기간에 제작된 작품. 시대의 아픔을 극대화한 작품이다. 그가 만든 인물들에게서는 힘찬 목소리가 울려 나오는 것 같다. 생생한 현실감이 있다. 대지 위에 솟은 인물의 무서운 힘을 보여주는 저 힘찬 리얼리티를 보라. 윤수호는 말하지 않고도 충분히 오월 광주의 고통과 슬픔을 드러냈다. 윤수호의 깊이 있는 통찰과 예언적 감각은 놀랍다. 그의 작업은 비극적인 사건으로 철저하게 고립된 도시를 생생하게 재현했다. 우리에게 참혹한 그날을 기억하게 하는 그의 힘은 바로 이

것이다. 허공에 횃불처럼 타오르고 있는 인물상들은, 상승하는 희망이다. 우리에게 미완의 숙제로 남아 있는 오월의 진실과 잔혹한 국가폭력을 용기 있게 작품으로 말하는 윤수호. 그는 암울한 시대가 낳은 진정한 리얼리스트였다.

(…)

나는 윤수호의 마지막 작품을 떠올렸다. 그의 작업실 중앙에 미완성인 채로 놓인 작품. 그가 청동에 심취한 이후 건강을 회복할 수만 있었다면 분명히 흙 작업을 하지 않았을까. 생명을 키워내는 흙의 본질이 그의 생명을 연장시킬 수 있었을까. 윤수호가 브론즈나 대리석 대신 편안한 테라코타를 선택했다면, 그는 좀 더 오래 살면서 더욱 뛰어난 작업을 하고 있을 것이다. 그는 육신의 고통에 운명을 내맡긴 건 아닌가. 절망 속에서 마지막에 만난 작업의 환희는 미완의 작품. 그것이 그의 완성이었을까.

그녀는 『관객』의 목차를 찾아보고, 윤수호의 작업 일기 페이지를 펼쳐 읽었다.

나는 신의 손을 갈망했다. 나는 내 손에 의해 태어난 자들에게 내 생각, 숨결을 불어 넣었다. 세상과 소통하는 도구로써 만들어진 인물들이 내 유일한 표현 도구다. 내가 살고 있는 현실, 이 땅의 현실이 주는 억압에 고통받은 사람들이, 고통을 초극하는 모습을 보여주고 싶었다. 브론즈 작업 이전, 한때, 돌덩어리에 미쳐 있었다. 덩어리인 돌에서 형상을 보았다. 침묵 속에서 어떤 목소리가 들리면 자다가도 벌떡 일어나 돌덩어리 앞으로 달려가곤 했다. 돌덩어리와 대결하려는 사람처럼 단단히 그 앞에서 벼르고 있다가 쓰러져 잠이 들곤 했다. 눈을 뜨고 깨어나서는 머릿속으로 오만 가지 궁리를 틀면서 망치와 정을 들어 덩어리를 내리쳤다. 하지만 곧 비참해졌다. 손으로 돌을 쓰다듬고 속삭이면 순간적으로 착상이 떠오른다. 나는 그것을 알처럼 품고 작업을 시작했다. 그때야 비로소 몰입하게 되는 것이다. 내 손이 돌의 생각을 정확히 읽어낼 때까지 돌과 함께 지냈다. 돌과 한 몸이 되기 위해서 한 달, 두 달, 수많은 날을 돌과 함께 살았다. 내 손이 돌 속에 숨은 형상을 완전히 파악하고 드러낼 줄 때까지.

그제야 조금씩 알 것 같았다. 말해주지 않았던, 알 수 없었던 박수재 그의 본심을 들여다보는 느낌이었다. 그녀는 마지막 페이지에 끼인 엽서 한 장을 발견했다. 오페라하우스의 사진, "여긴, 비엔나예요. 공연을 보면서 당신 생각을 했어요. 잘 지내는지? 엽서로나마 안부 전할게요." 이 여자, 누굴까.

그날 이후, 그녀는 생각이 더욱 많아졌다.

*

장 팀장은 투서 사건을 모른 척했다. 투서 내용이 사실이 아닌 것을 알고 있었으나 침묵했다. 각종 리베이트 사건에 뇌물 횡령 운운, 은 제보자가 정확한 증거자료를 제시하지 않아 소문으로 떠돌았다. 원장은 내부고발이 조작된 거라고, 그간의 자료를 검토해서 상부에 해명해야 했다. 원장의 고민은 점점 깊어졌다.

탕비실과 원장실을 수시로 드나들었던 그녀는 원장의 스케줄을 보드에 기록하거나 지우는 동안 제 마음까지 장 팀장에게 보고할 뻔했다. 퇴근 후, 그가 신도심의 어느 술집에서 술을 마셨는지를 알고 있다는 장 팀장도 지나치게 신경을 곤두세우고 있었다.

민 선생은 투서 내용이 사실이 아니라고 생각해요? 혹시 여자 문제가 있으면, 미리 내게 알려줘. 성추행 사건, 아닌 굴뚝에서 연기 나오는 건 아니지 않나? 사생활이 깨끗해야 하는데 걱정이야. 민 선생이 원장님 측근이니까, 원장님을 위해서 미리 이야기를 하는 게 어때요? 주변에 여자가 한둘이 아니야. 분명해. 수상한 소문이 들려.

장 팀장이 원장의 편을 드는 척하면서 그녀의 심정을 어지럽혔다. 그녀는 원장이 눈치채지 않게, 장 팀장에게 그의 일정을 보고했다. 별다른 이상한 점은 알아낼 수 없었다. 모항시에서는 스스로 조심하는지, 김미진과 만나는 일은 없었다. 아무리 촉각을 곤두세웠어도 사생활에 여자가 개입된 일은 없었다. 털어도 먼지가 나지 않아요, 라고 장 팀장에게 보고했다. 장 팀장은 비웃는 얼굴로 그녀를 째려보았다. 그녀는 가슴이 쿵, 내려앉는 것 같았다.

늙은 국회의원이 원장을 국회의원 사무실로 호출했다. 원장실로 돌아온 그는 침울해 보였다. 표정까지 굳어있었다. 장 팀장이 기어이 본색을 드러냈을까. 원장은 어떤 궁지에 몰렸을까. 그녀가 커피를 탁자 위에 놓았을 때, 얼굴도 쳐다보지 않았다. 고마워요, 라는 말도 없었다. 원장은 넓은 창가에 서서 멀리 바다를 내려다보고 있었다. 그의 뒷모습은 유달리 적막했다. 처진 오른쪽 어깨가 더욱 기울어져 있었다. 그녀가 출장 가기 전날, 원장실에서 마지막으로 목격한 그의 뒷모습이었다.

6

 장 팀장이 그녀에게 휴직계를 권했다.
 ─검찰 전화 땜에 스트레스 받죠? 업무에 지장이 많다는 건 내가 더 잘 알죠. 잠시 쉬는 게 어때요? 좋을 대로 해요. 강요하지는 않으니까.
 그녀는 자주 조퇴했다. 실어증 치료를 받기 위해 병원에 다니기 위해서였다. 직원들은 원장의 급작스러운 죽음과 사실을 확인할 수 없는 온갖 억측으로 수다를 떨었다.
 ─재단의 분위기도 그렇고 특히, 팀 분위기가 장난 아니네요. 따지고 보면 업무가 없어진 거죠. 원장님 직속이었으니까.
 개기름이 흐르는 얼굴로 안 팀장이 실실 비웃었다. 그녀는 대

구하지 않았으나 안 팀장을 또 다른 제보자로 의심했다. 안 팀장이 행정팀 여직원과 스캔들이 터졌을 때, 다른 직원들은 알고도 모르는 척했다. 그들의 은밀한 현장은 구설에 올랐다. 원장이 그 일을 지적하지는 않았으나, 서류상의 실수는 그냥 넘어가지 않았다. 원장실에서 급기야 큰소리가 났다. 이후, 안 팀장은 원장을 무시했다. 그는 부하직원의 의무와 권리를 혼동했다. 직원들은 2년의 임기를 채우고 떠날 원장보다는 정규직 안 팀장의 눈치를 보았다. 안 팀장은 원장의 공적 비리를 왜곡하거나 부풀렸다. 사무실 공기 중으로 민들레 꽃씨 날리듯이 훅, 날려 보냈다. 안 팀장의 말은 사방에 소문으로 살아 움직였다.

박수재 원장의 비리를 상부 기관에 투서한 직원이 누구인지 알 수 없었다. 내부고발자는 끝까지 익명을 요구했다고 했다. 원장의 죽음으로 사건은 '공소권 없음'으로 종결되었다. 쉬는 시간, 이야깃거리가 없어 심드렁해진 직원들은 원장의 죽음을 그제야 혀끝에서 흐지부지 말아 올렸다.

법이 '그 비정규직'의 실어증에 따른 정신과 치료를 참작해 재소환은 없을 거라고, 안 팀장이 아쉬운 듯 직원들에게 말했다.

그녀는 불안증에 시달렸다.

너지? 너 맞잖아.

그녀는 늪 같은 어둠 속으로 빨려드는 것만 같았다.

아니야, 나 아니야.

그녀는 괴로웠다.

꿈은 잦았고 반복되었다.

청동인이 보인다. 한쪽 팔이 없는 그것은 가슴 부분을 철근이 뚫어버린 형상이다. 괴로운 표정의 그가 걷는다. 한쪽 팔이 제거된 가슴 부분이 갑자기 풍선처럼 부풀어 오르기 시작한다. 그가 그녀를 내려다보다가 점점 기울어진다. 그녀는 재빨리 몸을 굴린다. 쿵, 소리와 함께 청동상이 바닥으로 쓰러진다.

저리 비켜!

그녀는 몸을 일으키면서 눈을 떴다. 불을 켠 채 한참을 앉아 있었다. 불을 끄지 못하고 누울 수도 없었다. 꿈은 선명했다. 녹슨 철근이 흉부 한가운데를 뚫어버린 브론즈. 그녀는 언뜻언뜻 잠이 들었다가, 깨어났다. 마침내 가슴을 쥐어뜯었다. 끝내 잠들지 못했다.

시간은 멋대로 흐르다가, 정지했다가, 가끔은 째깍째깍 소리를 내면서 바쁘게 걷는 것 같았다. 그녀는 전시관 입구 벽에 걸린 포스터를 보았다. 사진 속 윤수호의 두 눈은 먼 곳을 뚫어지게 응시하고 있었다. 슬픈 눈빛이었다. 그 눈이 무엇을 보는지 알 수 없었다.

김미진은 혼자서 전시장을 지켰다. 장 팀장이 장담한 대로, 관객은 거의 없었기 때문이다. 그녀는 내내 전시관을 외면하면서 다녔다.

작품을 철수하는 날이었다. 김미진은 내내 말이 없었다.
원장님 죽음에 당신이 관여된 거, 맞죠?
그녀는 꿀꺽, 말을 삼켰다.
아틀리에 마당에 작품을 실은 트럭이 먼저 도착해 있었다. 김미진이 지하로 내려가 작업장 스위치를 올렸다. 환한 불빛 아래에서 인부들이 작품을 옮겼다. 브론즈는 속이 비어있어 이동하기는 쉬웠으나 아주 조심스럽게 다루어야 했다.

인부들이 양쪽 어깨가 없는 청동인을 빈자리에 놓고 나갔다. 그들은 사슬에 결박당한 청동인을 데리고 들어왔다. 머리 없는 청동인도 들어왔다. 가슴이 기괴하게 과장된 청동인, 허리 꺾인 채 하늘을 향해 절규하는 작품, 입이 없는 청동인, 미처 돌에서 빠져나오지 못한 거인들이었다. 지하 작업장은 작품들로 채워졌다.

　민가인은 작업실 구석진 나무 계단 맨 아래에 앉았다. 탁자 위에는 담배꽁초가 있었다. 담배 연기가 허공을 떠도는 것처럼 희부옇게 어른거렸다. 냄새가 훅, 코끝에 달려들었다. 오싹했다. 낡은 냉장고 돌아가는 기계음들이 이리저리 흘러 다녔다. 청동인들이 서로를 알아보고 고통스럽게 신음하는 소리 같기도 했다. 소리들은 아득하게 들렸다. 어떤 소리들은 흩어져서 윙윙거리며 떠다니는 것 같았다. 공간이 워낙 커서 무슨 소리인지 명확하게 들리지 않았다. 삐, 소리가 길게 이어졌다. 그녀는 두손으로 귀를 막았다. 이명이었다.

　순간, 불이 꺼졌다. 그녀는 숨이 막혔다. 질식할 것 같았다.

　여기요! 사람, 있어요!

　그녀가 소리쳤다. 쾅, 문이 닫혔다. 그녀는 있는 힘을 다해 소리쳤다. 아무도 대답하지 않았다. 그녀는 온몸이 서서히 굳어가는 것을 느꼈다. 어둠까지 굳어가는 것 같았다. 그녀는 정신이 아득해졌다.

　-민 선생! 거기 있어요?

　김미진의 목소리였다.

　육중한 문이 열리는 소리가 들리고, 천정에 불이 켜졌다. 그제야 그녀는 정신이 돌아왔다.

―네. 여기요, 여기 있어요!

얼마나 많은 시간이 흘렀던 것일까. 짧은 잠 속이었나. 누가 나를 잠재웠는가. 만일 깨어있었다면 공포에 질려 죽었을지도 모를 일. 다행히 아무 것도 기억나지 않았다. 등에 식은땀이 촉촉하게 배어 속옷이 젖어 있었다.

―여기 있는 줄 몰랐어요. 작품이 다 들어왔다고 생각했나 봐요. 아무리 전화해도 안 받길래 놀랐네요.

그녀는 휴대폰 화면을 확인했다. 김미진의 부재중 전화번호가 찍혀있다. 소리를 최대치로 설정해 두었는데 들리지 않았다. 벨은 울리지 않았다. 그동안 나는 어떤 잠에 빠져 있었던가. 그녀는 당황스러웠다.

―이상해요.

그녀는 아무렇지 않은 듯 의도적으로 상을 찌푸렸다. 도대체 무엇인가. 굳어버린 공기가 소리를 차단한 것이다. 지하의 어둠이 모든 전파를 삼킨 것이다.

―오늘, 정말 이상하네. 좀 전에도 큰일 날 뻔했는데, 또 그러네요. 많이 놀랐지요?

김미진이 말했다.

─정말 혼났어요. 갇혀서 죽는 줄! 잘못하면 응급실행이 될 뻔했죠. 제가 신문에 날 뻔했어요. 윤수호 조각가 작업실에서 사체, 발견되다. 뭐, 이런….

그녀는 여유를 부리면서 웃었다. 마음을 숨기고 싶을 때는, 조크가 필요했다. 그러나 그녀의 의도적인 말은 선을 넘었다.

─어머, 농담도 할 줄 알고. 난, 민 선생이 원장님 땜에 너무 충격을 받은 걸로 생각했어요. 이제 보니까 걱정하지 않아도 되겠네요. 실어증이라고, 장 팀장이 말하길래, 진짜인 줄 알았네요.

김미진이 의심쩍은 표정으로 그녀에게 말했다. 그제야 그녀는 아차, 싶었다. 어쩌다 말이 터졌을까. 그동안의 실어증은 거짓. 이미 엎질러진 물이다. 우울감과 비참함과 후회를 숨기지 않고, 김미진에게 전부 털어놓았어야 했나. 아니면 깨끗이 사직서를 냈어야 마땅했을까. 아니다. 조소와 비난을 견디며 끝까지 버티고 살아남아야 했다. 그런데 당신, 김미진. 정말 누구인가. 김미진의 얼굴에는 그 어떤 슬픔도 보이지 않았다. 애도도 없고, 최소한의 안타까움도 표현하지 않는 당신. 그렇다면 그가 혼자서 마음을 주었던 것일까. 당신들의 관계는 어떤 것인가. 그녀는 여전히 혼란스러웠다.

　저 그림, 느낌 어떤가요?
　민가인은 벽에 걸린 그림을 물끄러미 쳐다보다가 그의 말에 눈길을 돌린다.
　좀 우울해요. 잘 모르겠어요. 아랫부분은 잿빛이 엉킨 바위들 같은데, 파도가 허공에 차오르고 있는 것 같아요. 흰 파도가 거대한 새의 날개처럼 하늘을 향해 있는 느낌이고…. 경계의 경계, 라는 제목이 어울릴까요? 아니면 경계 없는 경계, 라는 제목이 어울릴까요. 추상화는 잘 모르겠어요.
　그가 그림을 한참 동안 쳐다보고 있다. 그의 눈빛이 그윽해져 있다.
　아름답지 않아요? 그걸로 충분한 것 같은데.
　그는 다른 대답은 필요 없다, 고 말하는 것 같다.
　마크·로스코, 미국 화가를 알아요?
　그의 물음에 그녀는 예민해진다.
　아니요. 몰라요.
　그녀의 대답에 그가 웃는다. 그것도 모르냐, 는 얼굴 같아 보인다.

전공도 아닌데… 그렇죠? 괜한 말을 했네요.

그가 말을 흘려들으며, 그림에 집중하고 있다.

저 그림에 의식의 흐름 같은 영속성이 있어요. 하지만 저 면을 둘로 나눈 건, 영혼의 부분일식 같기도 하네.…. 난 그림에 대해 아는 게 없어요.

그녀는 말을 더 이어가려다가 얼른 입을 다문다. 자기 의견을 전달했으나 그는 듣지 않고 있다.

색상을 다루는 감각이 탁월해요. 어때요, 그런 느낌 없어요?

그가 묻는다.

너무 추상적이라 모르겠어요.

그녀는 점점 난감해진다. 모든 화가를 다 알아볼 수는 없다. 전문대학을 나와 지방대 국문과에 편입했다. 대학원에 들어가서 미술사학을 전공하고 싶었으나 공부를 계속하지 못했다. 너무 일찍, 가족 부양의 책임을 지게 된 소녀 가장, 이게 나다. 가난을 벗어나고 싶었으나 끝내 나는…. 난, 살아남아야 해. 남자와의 사랑을 선택하지 못하고, 결혼하지 못했던 이유도 가장의 책임감 때문이었다. 그녀는 자신의 꿈을 이룰 수 없어 늘 억울했다.

이 그림이 바로 윤수호의 아내, 김미진 화가의 작품이에요. 제목은 없어요. 그런데 '남과 여', 라고 나중에 알려주더군요. 섞인 듯 보이지만, 도저히 섞일 수 없는 색상과 붓질을 느껴봐요. '남과 여'라니. 그 부부는 서로 사랑했을까. 행복했던 건 아니었어.

그가 혼잣말처럼 중얼거리더니 일어나 거실로 향한다. 음악이 들린다. 그는 최대 음량으로 볼륨을 올린다.

세헤라자데에요, 림스키 코르샤코프.

그가 말한다.

네, 들어본 적 있어요.

그녀에게도 익숙한 멜로디였다. 세헤라자데 중에서 가장 아름다운 부분이 흘러나온다. '젊은 왕자와 젊은 공주'를 들으며, 그녀는 침대 벽에 걸린 김미진의 그림 '남과 여' 아래서 그와 함께 사랑을 나눈다. 같은 침대에서 다른 꿈을 꾸면서. 그는 잠에 빠지고, 그녀는 끝내 잠들지 못한다.

*

김미진, 당신은 누구인가. 그가 당신을 사랑했다. 나를 이곳으로 끌어들인 이유는 무엇일까. 나를 의심하는 것인가. 아니, 나는 당신을 의심하고 있어. 용의선상에 오른 건 나뿐만이 아니다. 원장의 사생활이 바로 당신 아니었던가. 당신 때문에 그가 사지로 내몰린 거야.

―저 작품, 지난번에 보지 못했을 거예요. 이쪽으로 와보세요.

김미진이 그녀의 손을 잡아 이끌었다. 지하 작업실 입구 왼쪽에 얇은 판자로 가려진 공간이 있었다.

―이건….

―그래요. 이게 바로 공개되지 않는 마지막 작품이지요. 미완성작이에요.

―신화 속 인물일까요?

그녀가 물었다.

―신화요? 글쎄요. 신화는 잘 모르겠고. 그이 작품이 실존적이라고 선배가 해설을 썼어요. 아, 원장님이 미술평론을 했으니까. 나는 남편이 무슨 생각으로 이 작품을 제작했는지… 몰라요. 남편은 자기애가 강한 사람이라, 아마도 자기 모습일 거예요. 원장님이 이 미완성 작품에 애정이 많았어요. 나무에서 태어난 사람 같이 윤수호가 선량하다고, 말하더군요. 민 선생은 어떤 생각이 드나요?

김미진이 물었다. 그녀는 고개를 가로저었다.

―저야 모르죠.

─남편의 작업일기에요. 그 부분이 이 작품을 하면서 쓴 것 같아요.

김미진이 손에 든 노트를 펼쳐 그녀에게 넘겨주었다. 그녀는 윤수호의 글씨를 읽어 내려갔다. 빠른 속도로 흘려 쓴 글씨는 알아보기 힘들었다.

─원한다면, 그 작업일지를 읽고 돌려주셔도 좋습니다. 그이 인생이 워낙 소설적이라.

김미진의 눈시울이 젖어 반짝거렸다.

─그이의 마지막 모습이 잊히지 않아요. 삶과 죽음 사이에서 버티고 있었던, 피골이 상접해서 보기가 민망할 정도로 변해버린 마지막 모습이. 혼수상태에서 깨어나지도 못했을 때, 간절하게 말했죠. 여보, 편안히, 제발 편안하게… 사랑해요, 라고. 중환자 대기실에서 보냈던 그 한 달, 그는 가끔 정신이 돌아오면 심하게 팔을 내저으며, 저리 가, 저리 가, 소리를 쳤어요. 내게는 보이지 않는 저승이 그를 잡아당기는 것일까. 무언가에 온몸으로 저항하는 것 같았죠. 인공호흡기와 빨대, 코에 인공호스를 끼우고, 숨이 쉬어지지 않아서, 폐에 물이 차올라서… 산소통을 부착하고… 숨을 쉴 수 없었던 그이가. 그처럼 마지막까지 힘들게 작업을 했던, 그의 목숨을 가져간 작품이에요. 이건.

김미진이 독백하듯 낮게 읊조렸다. 이런 이야기를 해주는 이유가 무언가. 그녀는 김미진의 목소리를 더는 들을 수 없었다. 갑자기 등 뒤로 싸늘한 기운이 다가오는 것 같았다. 그때, 전율이 그녀의 머리를 번개처럼 쳤다.

그의 마지막 모습을 기억한다. 현관문을 열고 들어갔을 때, 그는 삶과 죽음의 경계에서 혼란스러워하는 영혼이었다. 죽고 싶지 않은 영혼이었다. 그녀는 침대에 누운 그의 상태를 확인하지 않았다. 무조건 뛰쳐나갔다. 방안에 고인 독한 가스 냄새 때문에, 구역질이 났다. 쾅, 문을 닫았다. 정신없는 채, 엘리베이터 버튼을 누르고, 겨우 빠져나가 아파트 입구에 주저앉아 있었다. 그녀는 떨림이 멈추지 않아 한참 후에야 간신히 휴대폰으로 장 팀장을 불렀다.

원장님… 죽었어요.

장 팀장이 놀란 듯 한참 침묵하더니 말을 더듬었다.

경찰에 신고부터 해야… 아니, 119…를 불러요.

그녀가 말했다.

난 못…해요.

장 팀장이 말했다.

내가 부를…게요. 어디 가지 말고 꼭 그 자리…에, 거기 가만히 있어요.

그녀는 그의 사체를 목격하지 않았다. 그의 죽음, 생각만 해도 소름이 끼쳤다.

사랑이 아니었나. 나는 진심이 아니었을까. 그렇다면, 그를 향한 감정은 도대체 무엇이었나. 왜 그렇게 죽었을까. 어떻게 그렇게 갈 수 있는가.

―그만 나가요. 오래 있었더니, 냉장고에 들어가 있는 것 같아서.

그녀가 말했다. 윤수호의 작품 가까이에만 있으면 달려드는 싸늘함을, 더는 겪고 싶지 않았다. 지하에 오래 있었던 탓인가. 그녀는 으슬으슬 추웠다. 언젠가 그가 잠들었을 때, 창을 닫고 빛을 차단하기 위해 암막커튼을 치고, 그의 이마에 가볍게 입을 맞추고 새벽녘에 빠져나오던 일이 떠올랐다. 눈이 매웠다, 가슴이 뜨거웠다.

김미진이 그녀의 양어깨에 두 손을 얹었다. 그녀는 소스라쳤다. 너무 차갑고 딱딱한 손길이었다. 김미진의 손이, 커다란 그의 손처럼 느껴졌다. 그의 손이 그녀의 어깨에 얹혀 있었다. 그의 커다란 손의 감촉, 한때 부드러웠던…. 그녀는 눈물이 쏟아질 것 같았다. 김미진 당신이 나타나지만 않았다면 나는 조용히 그를 사랑할 수 있었다. 당신이 나타나지만 않았어도, 나는 그를 끝까지 믿었을 것이다. 그를 만나기 전, 아무 광채 없는 시간을 죽은 듯 살았다, 너무 오래, 혼자 견디고 살다가 그를 만났다. 그를 사랑했다. 그건 사랑이었다….

어깨를 누르는 김미진의 악력은 아플 정도로 강했다. 그녀는 움찔하면서 김미진의 손을 밀어냈다. 김미진은 그녀의 얼굴을 정면으로 뚫어지게 보았다. 복잡한 감정을 숨기지 못하는 표정이었다. 그때 어떤 전율이, 그녀에게 번개처럼 찾아왔다.

−지하라서 답답해요. 그만, 나가죠.

김미진이 말했다. 왜 하필, 당신이야? 그녀는 김미진의 뒤를 따라 계단에 올라섰다. 입 안에서 터져 나오는 말을 목구멍 속으로 밀어 넣으면서 계단을 한 발 한 발 디디며 올라갔다. 박수재. 그의 이름을 속으로 불러보았다. 한 번도 호명하지 못했던 이름이었다. 이제는 그가 없다. 슬픔이, 가누기 힘든 쓸쓸함이, 통증처럼 찾아왔다.

*

　괴목은 넋과 마음이 머무는 느티나무다. 느티나무의 꽃말은 운명이다. 내 운명, 자신의 마지막을 예감하는 자의 허무라고 할까. 허무한 운명이 내 생을 잡아 이끌어갈 때, 처음에 나는 발버둥을 치곤 했다. 이대로 죽을 수는 없어. 내 운명은 나무의 정신. 넋이 있는 나무다. 내게는 자유가 있다. 작품을 할 수 있는 자유. 저항하는 자유. 저항하는 힘 속에는 뜨거운 피의 냄새가 있다. 슬픔은…고통, 그리고 죽음을 기다리는 자의 두려움이다.

　내 작품이 낡았다, 진부하다, 그때가 벌써 40여 년이 지났는데 아직도 그날의 끔찍한 형상을 작품으로 말하는가. 여지껏 헤어나오지 못하고 여전히 앞으로 나가지도 못하고. 자네는 마치 습관적으로 냉장고 문을 열고, 있는 반찬을 꺼내 생각 없이 먹고. 내 말이 틀렸나? 변해야 하네. 지금껏 똑같은 작업을 하고 있지 않은가? 리얼리즘의 변용에 고민을 하지 못하고. 여지껏 수십 년 전, 그날의 과거 형상에 매어 있다니. 박수재. 네 말은 피가 거꾸로 솟구치는 말이었다. 너는 끝까지 내 작업을 인정하고 싶지 않은 건가. 이 시대의 민중 조각가, 힘찬 리얼리티, 시대의 이단아라고 찬사를 던지던 네가 내 뒤통수를 때렸어. 심사위원으로, 대상 후보에 올랐던 내 이름을 지워버렸다는 걸 들었어. 당선작은 표절 의심성이 있는 유학파의 것이었네. 오직 내가 느꼈던 진실을 조각으로 표현했던 나를… 네가 내 조각을 박살내고 말았다. 내가 예술가로서, 시대를 모른다고 했다. 이 시대, 아직까지 명성을 탐하고 있는 자네가 안타깝네. 너의 말은 참혹했다. 아내의 재능을 시기했나? 네가 말했다. 술자리에서였다. 너를 향해 맥주잔을 날렸어. 모두 나를 말리려고 일어섰을 때, 그때 꼼짝도 하지 않고 앉아 있던 비겁한 네 눈을 잊을 수 없다. 수치스러웠다. 얼마나 처절하게 작업했는지, 80년 그날의 진실을 어떻게 말하려 했는지, 넌 모르지 않을 텐데. 나는 예술의 본질을 다시 의심해 볼 수밖에 없었다. 내 병은 아마 그때 재발하지 않았을까. 주물공장에서 밤을 새워 인부들과 함께 작업하고, 함께 자고 먹고 마시고, 그리고 정신없이 매달렸다. 아, 숨쉬기가 힘들다. 폐는 이미 굳어갔고. 의사는 내 마지막을 보고 있었네. 병원보다는 산속에서 요양해야 한다는 아내의 간절한 요구가 있었네. 작업실에서 내가 찾은 건 청동이 아니라 나무였네. 나무. 나는 살고 싶었지. 그러나 이미 목숨을 놓은 거나 다름없네. 결국 운명을 이길 수 없었네. 나의 정신은 자유로움, 진실을 향한 열망이었어. 독재 권력에 대한 저항을 나는 이렇게밖에 말할 수 없었어. 나는 체력이 소진되었고, 작품을 완성하지 못할 거라는 불길한 예감이 들었다. 내 첫 전시회 때, 자네의 기뻐했던 그 모습. 그립네.

민가인은 윤수호의 일기를 조금씩 읽어 내려갔다. 윤수호 작가의 필체를 해석하면서, 원장이 어떤 사람인지, 김미진이 이 일기장을 왜 넘겨주었는지 곰곰 생각했다. 답을 찾지 못한 채, 그녀는 까무룩 잠에 빠졌다.

7

 직원들이 출근하기 전, 그녀는 탕비실에서 미화팀 아줌마들에게 일회용 커피를 제공했다. 건물 청소를 끝낸 아줌마들과 함께 까르르 경쾌한 웃음을 날리면서 수다를 떨었다. 그동안 쌓인 스트레스가 날아가는 것 같았다. 아휴, 잘 마셨어요. 오늘 하루, 잘 보내요. 미화팀 들이 와르르 지하 청소도구실로 사라졌다. 그녀는 재빨리 냉장고를 정리했다. 그녀가 탕비실 문을 열고 나갔을 때, 원장실 문 앞에서 네이비색 정장을 흘낏 본 것 같았다. 그녀는 놀라 행정팀 부서 쪽으로 걸었다. 직원들은 걸어오는 그녀를 본체만체했다. 아는 척하지 않으려고 어떤 직원은 일부러 피했다. 책상 사이 좁은 통로에서 마주친 어느 직원은 냉담하게 눈을 내리깔았다. 그들 모두 계약직이었다. 그녀는 직원들이 자신을 유령 취급하는 것 같아서 화가 났다.

그녀는 복도 끝 화장실로 향했다. 화장실은 지나치게 넓었고 칸이 많았다. 낯을 익히지 못한 직원과 얼굴을 부딪쳤다. 서로 아는 척하지 않았다. 그녀는 옆 칸 화장실 물 내려가는 소리가 끝나기 전에, 재빨리 손을 씻고 사무실을 향해 걸었다.

원통형 흰 기둥에는 사진이 걸려 있었다. 어떤 여자의 뒷모습이었다. 도무지 정면을 짐작할 수 없는 사진이었다. 그녀는 뒷모습 사진을 지나치면서 무의식적으로 뒤를 돌아다보곤 했다. 흰 기둥의 사진이 자신을 뚫어지게 보고 있는 것 같은 착각이 들었다. 눈이 없는 사진들이라 편하기는 했지만, 눈을 볼 수 없는 사진이라 더욱 기묘했다. 얼굴을 알 수 없는 인물들. 파티션 안에서 고개를 처박은 채 일하는 뒤통수들. 그녀는 소리 없이 웃었다. 흥, 뒤통수들, 얼굴도 없는 것들. 근무하는 내내, 그녀는 뒷모습 사진이 머릿속을 떠나지 않았다. 그녀는 자기 뒤통수에 눈이 없어서 다행이라고 생각했다.

―그 비정규직 말이야. 왜 다시 나온다는 거니?

―글쎄. 적당히 알아서 사직서 써야지, 그게 맞지.

그녀의 등 뒤에서 들려오는 소리였다. 정규직 직원들은 그녀를 '그 비정규직'이라고 불렀다. 다른 팀의 비정규직은 또 '저 비정규직'이라고 했다. 그들이 만든 호칭이 정확히 누구를 지칭하는 건지, 헛갈렸다. '그 비정규직'이라는 호칭에 적응이 되지 않았다. 그들도 대부분 계약직이었기 때문이다.

−뻔뻔한 것 같아. 사건이 그렇게 쉽게 마무리되었다고 해도 말이지.

−비정규직들이 원래 그래.

−오래 가진 못할 거야. 스스로 사직서 내겠지.

−진짜, 눈치 없어.

그녀는 머리가 깨질 듯 아팠다. 컴퓨터 자판에 왼손을 올리고 오른손으로 마우스를 꼭 잡은 채 화면을 응시하고 있었다. 심장에서 불이 저절로 타올라 머리끝까지 치밀어올랐다. 뜨거운 머릿속이 금세 폭발할 것만 같았다.

−네 시 오십 분까지 서류 정리해서 보내요.

다섯 시였다. 안 팀장의 어이없는 지시 때문에 그녀는 화면을 뚫어질 듯 쳐다보고 있었다. 안 팀장이 새로 맡긴 업무는 당장 정리해야 할 것이 아니다. 지역 도서관 대출 상황을 재단의 서류 항목에 추가해 파일로 정리해야 한다. 지역 도서관 교육프로그램에 참가했던 비용까지 빼놓지 않고 보고하라는 것이다.

―그때 먹었던 음료수 가격과 교통비 금액도 **빼놓지** 말고 상세하게 쓰세요.

안 팀장의 목소리는 지나치게 사무적이었다.

―그건 이미, 제가 현금으로 지불했습니다. 얼마 되지 않아서요.

그녀가 말했다.

―무슨 말이야? 멍청하기는. 그건 출장 비용인데, 그걸 영수증도 끊지 않고 왔어? 일을 어떻게 하는 거야. 그런 거조차 일일이 알려줘야 하나? 커피 한 잔 값도 투명해야지. 참 어이없네.

안 팀장이 그녀를 무시하듯 흐흐흐, 웃었다.

―업무일지에 작은 비용조차 구체적으로 기록하세요. 그래야만 출장 동선을 파악할 수 있죠.

그것도 모르냐, 기막히다, 는 말투였다.

―다음부터는 그렇게 할게요.

―다음부터라니! 무슨 일을 그렇게 해요! 아무리 비정규직이라지만. 어떻게 우리 재단에 들어왔을까, 참 의심스럽네.

그녀는 더는 대꾸하지 못했다. 모욕감을 느끼면서, 영수증을 만들지 못한 자신을 자책했다. 난감했다. 차라리 커피 한 잔도 마시지 않았다고, 말해야 했다.

새로 시작된 교육팀 프로젝트는 팀장과 연구원 셋이 진행하고 있었으나 민가인은 제외되었다. 문화예술팀의 일이었으나, 팀원 중 아무도 내용을 말해주지도, 일을 맡기지 않았고, 말을 걸지도 않았다.

그녀의 자리 뒤로 널찍한 통로 같은 공간이 있다. 통로 중앙에 있는 원탁 테이블로 직원들이 하나둘씩 모였다. 직원들의 말소리가 들리기 시작했다. 향긋한 과일 냄새가 코로 스며들었다. 수박과 참외 향기가 달콤했다. 제과점에서 갓 구워나온 듯한 빵 냄새도 은근하게 코끝을 맴돌았다. 뒤를 돌아보려다가 참았다. 직원들의 간식 시간에 제외된 것은 새일자리센터 비정규직 두 명도 마찬가지였다. 거래처로부터 재단의 사무실에 들어온 간식은, 주로 오후 다섯 시쯤 먹곤 했다. 직원들은 그녀를 아예 없는 사람 취급했다. 그녀의 자리와 원탁 테이블과의 거리가 멀지 않았다. 엉덩이에 힘을 주고 의자를 조금 뒤로 뺀다면 바로 손이 뻗칠 위치였다. 그녀는 배가 고팠으나 손을 뻗칠 용기는 없었다. 원탁 테이블에는 수박과 참외와 빵과 음료수가 가득했다. 과일을 먹으며 수다 떠는 말소리와 퉤, 하는 수박씨 뱉는 소리는 지나치게 가깝게 들렸다. 높고 낮은 웃음소리가 아작아작 과일 씹는 소리와 섞였다. 과일 향이 지나치게 달콤하게 코끝에 스며들었다. 그녀는 허기진 위장을 달래면서 수치심을 느꼈다. 먹으면서 웃고 떠드는 직원들의 얼굴을 향해 테이블을 뒤엎고 싶었다. 그러나 몸이 전혀 움직여지지 않았다. 키보드 위에 놓인 손가락이 바르르 떨고 있었다.

—시민단체, 민예총 사람들 오라고 할까요?
—됐어요. 파견직이잖아. 그 시끄러운 작자들 예술이나 합네, 하면서. 잘난 척 하는 사람들. 어차피, 먹지 않을 거야.
—그 팀장 말이다. 박사면 다냐? 혼자 잘난 척은.
—월급이 우리 중에서 제일 많아. 진짜 기분 더러워.
—그래봐야 계약직이야.
—아, 됐어. 부르지 마요. 남은 건 버려!

등 뒤의 소리를 모른 척했다. 직원들의 목소리는 비슷비슷해서 누가 누군지 구분하기 힘들었다. 그녀는 자판 위에 두 손을 얹은 채, 화면을 뚫어버릴 듯 쳐다보고 있었다.

그녀는 휴대폰을 자꾸 들여다보았다. 퇴근 시간이 임박했는데도 직원들은 일에 열중하고 있었다. 파티션 안에서 뒤통수들이 고개를 처박은 채, 자리에서 움직이지 않았다. 그녀는 의자에서 일어났다. 사무실 안에서는 아직 빠져나가지 못한 과일 냄새와 빵 냄새가 공기와 함께 출렁거리면서 흘러 다녔다. 아무도 환풍기를 돌리려는 생각을 하지 않았다. 그녀는 참을 수 없는 허기로 곧 쓰러질 것만 같았다.

−먼저 퇴근합니다.

그녀는 밖으로 나왔다. 후끈거리는 외부의 열기가 몸을 덮쳤다. 엘리베이터 앞에 섰을 때, 장 팀장이 엘리베이터 안에서 나왔다.

−저, 먼저 갑니다.

장 팀장은 미소를 지을 뿐 그녀의 말에 대꾸하지 않았다. 리프팅 시술 때문에 입꼬리는 언제나 웃고 있는 듯, 부드럽게 굳었다는 것을 그제야 깨달았다.

그녀는 엘리베이터 안을 빠져나오는 것이, 거대한 감옥 정문을 빠져나오는 기분이 들었다. 건물 로비에서 고개를 쳐들었다. 엘리베이터 안이 훤히 보였다. 장 팀장이 다시 내려오고 있었다. 외면하고 싶지만, 외면할 수 없는 실세. 그녀는 장 팀장의 이중성이 무서웠다. 동굴처럼 어두운 장 팀장의 속셈을 알 수 없었기 때문이다. 그녀는 장 팀장과 눈이 마주칠까 두려워 급히 고개를 돌렸다.

*

날 좀 가만두지 못해! 제발, 가만 놔두라고…….

그의 목소리에 자다가 눈을 뜬다. 그가 침대 아래에 떨어져 있다. 그녀는 자신도 모르게 짜증이 치민다.

그래, 너무 억울하다. 이제 여기서, 내가 내 마음대로 할 수 있는 일이 무엇이 있겠나….

그의 목소리는 기운이 없다. 그녀는 어둠 속에서 웅크린 채 앉아 있는 그를 뒤에서 안았다. 뼈만 남은 몸이다.

살아있는 몸이네. 네 향기가 좋아.

어슴푸레한 빛 속에서 그녀는 그의 몸, 도드라진 뼈를 만진다. 마른 나무토막처럼 뻣뻣하게 굳어버린 그의 몸을 제 몸속에 묻는다.

아주 따뜻해. 부드러워.

그가 중얼거리면서 한숨을 내쉰다.

새벽 4시. 그는 취한 채, 그녀의 곁에서 잠이 든다. 그녀는 그의 얼굴과 입술과 몸을 만진다, 쉴 새 없이. 잠에 빠진 그에게 감겨든다. 그의 목에, 다리와 배에 몸을 밀착시킨다. 뱀처럼 감긴다. 그가 잠결에 놀라 그녀를 밀어낸다. 짜증스러운 얼굴을 하며

등을 돌린다. 그녀는 그의 몸을 반대로 뒤집어 제 얼굴을 맞댄다. 그는 무슨 꿈을 꾸는 듯했다. 분노에 가득 찬 표정을 지으며 뿌리친다. 그는, 그녀의 몸을 거세게 밀친다. 그녀는 그제야 정신이 번쩍 든다. 현실이다. 헛된 꿈이다. 그녀는 침대에 누운 그를 내려다본다. 커다란 개 한 마리가 잠에 빠져 있다.

죽여버릴 거야.

그녀는 웅얼거리다 비로소 정신이 번쩍 든다. 찬물을 뒤집어 쓴 듯, 꿈이 떠오른다. 기시감이다. 큰 개에게 쫓기다 물리는 꿈이었다. 공포였다.

그래, 이제 안녕.

새벽은 아직 어둡다. 검은 밤이 계속되는 기분이다. 그의 안에는, 여전히 김미진이 살고 있을까. 그가 큰 개처럼 양다리를 모은 채 잠들어 있다. 그가 잠든 모습을 물끄러미 내려다보면서 그녀는 천천히 옷을 입는다. 현실은 언제나 차갑다. 그의 방이 언제나 싸늘한 것처럼.

새벽 5시, 그녀는 택시에 오른다. 원룸으로 돌아간다. 어둠이 물러가는 새벽빛을 보며, 그녀는 모욕감에 싸여, 오래 운다. 이제 안녕. 지난날이여 안녕. 그가 사랑한 것은 내가 아니다. 새벽에 그가 부르면, 거절하지 않고 달려갔던, 그건 직원의 업무가 아니었다. 그녀의 역할은, 이제 끝났다. 그가 말했다. 민 선생은 나를 끝까지 보좌해야 해. 그래야 해. 그의 담배를 받아 피우며, 밤하늘의 별을 올려다보면서 담배 연기를 뿜으면서… 그녀는 이 시간이 돌이킬 수 없는 과거가 될 것임을 생각하고 있었다. 떠나고 싶다. 이제 당신이 지긋지긋해. 그동안 말로 토하지 못했다. 그를 사랑했다고 생각했으나 마음이 변했다. 당신이 죽어버렸으면 좋겠어. 마음이 차갑게 돌아섰다. 그날, 그녀는 와인 잔을 던져 깨버리듯, 마음에서 그를 완전히 부서뜨린다.

동이 터오고 있다. 도로에 차들이 분주하게 움직이고 있다. 물결처럼 아침의 빛이 흘러오고 있었다. 현재의 시간을 지나, 그와 함께 숨 쉬고 살아야 할, 미래의 나날은 이제 없다. 그녀는 택시 뒷좌석에서 눈을 감고, 울음을 삼키면서, 두려움을 견디면서 시간의 터널을 무겁게 통과한다.

8

    모항문화재단의 차기 원장은 공개 모집했다. 심사관 3명이 파견되어 투명하고 공정한 절차를 거쳐 최종 결정되었다. 여성의 전화 원장이었던, 성폭력사건을 담당했던 변호사 출신 여성이었다. 신임원장 선출은 공명정대한 절차였다고, 장 팀장이 말했다. 장 팀장이 제3대 원장으로 취임하리라는 그녀의 예상은 어긋났다. 자격이 되질 않아. 재단은 물론, 5층의 깜깜이 정산이 문제였을 거, 라고 행정팀 직원이 그녀에게 귀띔을 해주었다. 회계 담당 그 직원은 언젠가 장 팀장을 조심해, 하고 말했던 여자다. 평소에는 그녀를 쳐다보지도 않았다. 그녀는 그 여직원이 자신에게 무엇을 원하고 있는지 알 수 없어 무서웠다. 일부러 떠보는 걸까. 모를 일이었다.

　최영애 원장은 짧은 커트 머리의 스마트한 인상이었다. 장 팀장이 신임 원장의 프로필을 설명했을 때, 그녀는 놀랐다. 재단의 임대 사무실, 성폭력상담센터의 센터장, 4층에서 목소리로 들었던 중년 여자. 신임 원장이 취임사에서 선언했다. 모항문화재단은 이 지역 문화예술가를 위한 단체가 되어야 한다, 특별히, 신진 여성문화예술인을 육성하겠다, 고 말했다.

　비정규직 중 한 명이 출근하지 않았다. 계약기간을 채우지 못한 그녀는 국회의원의 조카 김과 함께 면접을 보았던 발랄한 이십대였다. 김은 탈락하고, 그 여직원이 합격했다. 민첩하게 일을 잘했고, 명랑했던 여직원. 재단에서 제일 어린 연구원이었다. 민 선생님, 이 스카프 얼마짜리게요? 이거 사십만 원이에요. 명품이죠. '저 비정규직'으로 불렸던 철없는 연구원은 그녀의 일을 알게 모르게 도와주곤 했다. 안 팀장으로부터 과중한 업무를 받을 때마다, 그녀는 어린 연구원에게 도움을 청했다. 그녀가 이명을 겪을 때, 밀린 업무를 도맡아서 처리했던 직원이었다. 그녀가 몇 차례 연락을 시도했으나 끝내 통화할 수 없었다. 김이 출근하면서 어린 연구원의 업무를 맡았다. 이미 내정된 자리였음을 그녀는 뒤늦게야 알았다. 직원들 중 아무도 그 일을 입에 올리지 않앉던 것이다.

*

―이거, 지금 그 사건이지?

안 팀장이 컴퓨터 화면을 보면서 큰 소리로 떠들었다.

―합의된 관계였을까? 그건 둘만 아는 일!

안 팀장은 혼자 지껄이고 있었다. 장 팀장은 신문을 펼치고 눈을 내리깔면서 사무실 직원들을 세심하게 관찰했다. 가끔 동그란 안경을 추켜세우면서, 안 팀장에게 동조하는 사람이 누구인지, 반대 의견을 내는 사람이 누구인지 귀를 모으느라 이맛살을 찌푸린 채였다. 파티션 안쪽에 있는 직원들은 안 팀장의 떠들썩한 소리에 별 반응을 보이지 않았다. 각자의 일을 처리하느라 신경 쓰지 않았다.

장 팀장의 시선은 교육팀 책상을 지나 창가 구석 책상에 앉아 있는 민가인에게 머물러 있었다. 문화예술팀의 밀린 업무 처리를 위해 자리 하나를 따로 달라는 그녀의 부탁을 장 팀장은 흔쾌히 수락했다. 그제야 비로소 제 자리를 찾은 것 같았다.

그녀는 업무보고서 대신, 하고 싶은 말을 안 팀장의 메일로 보냈다.

'안 팀장님, 당신이 무슨 짓을 했는지, 난 다 알아요. 더 이상 나를 자극하지 말아요. 당하고만 살지는 않을 테니까. 4층에 올라갔다가 우연히 엿들은 건데. 조심하시라고요. 행정실 여직원과 당신 이야기, 자칫하면 문제 될 수 있어요. 그 증거, 내가 모두 녹음했어요. 이거 터뜨리면 당신도 끝이야.'

메일을 쓰면서 그녀는 어쩐지 편치 않아, 얼굴을 찡그렸다.

그때였다. 안 팀장 목소리가 유달리 시끄럽게 들렸다. 누군가와 싸우는 듯 잔뜩 흥분된 목소리였다. 장 팀장은 신문에 눈을 고정한 채, 귀를 모았다. 그녀는 내선 연결 수화기를 책상 위에 놓고 화장실로 들어갔다. 바싹 마른 입술에 립글로스를 천천히 바르고 손을 구석구석 씻은 후, 돌아왔다. 그때까지도 안 팀장은 전화기에 대고 소리 지르고 있었다. 금속성 목소리가 사무실을 부숴버릴 듯 요란했다. 그녀는 전화기를 서류철로 덮었다. 안 팀장의 얼굴은 멀리서 보아도 우스꽝스러웠다. 그녀는 진저리를 치며 서류 파일에서 사직서를 꺼내 한참 동안 들여다보다가 서랍 속으로 밀어 넣고 열쇠를 잠갔다.

―업무일지, 뭐야! 너, 미쳤어?

언제 왔는지, 안 팀장이 그녀의 책상 앞에 서 있었다. 의자에 앉아 안 팀장을 마주 대하는 건 고역이다. 그녀는 발딱, 일어섰다.

아무 답장이 없으셔서, 보충해서 다시 보낸 것뿐인데 뭐가 잘못됐나요?

그녀의 목소리는 너무 작아 제 귀에도 들리지 않고 공기 중으로 흡수되었다. 안 팀장의 얼굴이 울그락불그락했다. 그녀는 대꾸하지 않고, 안 팀장의 눈을 뚫어지게 쳐다보았다. 분을 이기지 못하던 안 팀장이 무언가에 놀란 듯 갑자기 멈칫했다, 황황히 뒷걸음질을 쳤다. 안 팀장의 얼굴은 하얗게 질린 듯 보였다.

늙은 국회의원이 모항문화재단에 방문했다. 그녀가 탕비실에서 차를 끓여 원장실에 들고 갔을 때, 신임 최 원장이 웃는 얼굴로 그녀에게 앉기를 명했다. 퇴근 후, 그녀는 그들과의 식사 자리에 참석했다. 신임 최영애 원장과 국회의원, 장윤주 팀장과 함께 원로화가를 만났다. 원장의 취임을 축하하는 자리였다. 그녀는 화가에게 술을 따르다가 술을 엎지를 뻔했다. 늙은 화가가 그녀의 무릎에 손을 얹고 만지작거리는 것을 겨우 참아냈다. 그녀는 웃고 있는 그들이 역겨워 화장실에서 오래 울었다.

구도심으로 돌아가는 통근버스를 놓친 그녀는 터미널에서 막

차를 탔다. 버스 좌석마다 사람들이 죽은 듯이 잠들어 있었다. 나는 언제부터 장난감이 된 걸까. 그녀는 머리를 창가에 기대고 잠에 빠졌다.

새벽에 배가 아파 뒹굴었다. 화장실에 들어가 더러운 시간을 모두 토하면서 죽을 뻔했다. 그날도 잠들지 못했다.

스트레스성 위염입니다. 의사가 말했다. 불면과 스트레스 때문이에요. 술 마시면 안 됩니다.

*

그녀는 그가 잠든 침대 옆 화장실로 들어간다. 토한다. 변기를 끌어안고, 운다. 취해서 인사불성이 될 만큼 취해서, 정신을 놓치고, 몸을 잃고, 알몸으로 술을 마시고, 웃고, 떠들고, 이상한 공포를 느끼고, 자괴감을 느낀다. 몸을 가누지 못하고, 비틀거리면서, 방바닥을 기어서 변기를 향하고, 또 변기 같은 사람을 사랑해서…. 그녀는 변기를 붙잡고 모두 게운다. 그는 그때까지도 잠들어 있다. '푸른 수염' 괴물과 결혼한 기분이다. 그는 누구인가. 끝없이 발가벗기려는, 그는 누구인가. 아무 사건도 일어나지 않은 이건, 꿈인 걸까.

그녀는 오랫동안 샤워를 한다. 다시, 변기에 머리를 처박고 꺽꺽 운다. 변기 같은 새끼. 그녀는 누런 위액까지 게워 낸다. 자신의 미래, 아직 오지 않은 공포까지 서둘러 모조리 토한다.

그녀는 잠들지 못한 채 아침을 맞는다. 베란다 오른쪽 벽에 기대어 창밖을 내다본다. 푸른 새벽이다. 멀리 공항이 희끄무레한 안개에 싸여 있다. 그리그 '아침의 기분', 맑은 선율처럼 아침이 찾아오고 있다. 먼 바다에서 해가 떠오르고 있다.

새로운 하늘을 본다. 잠든 그를 확인하려고 침실로 조용히 들어선다. 그가 없다. 침대에는 아무도 없다. 없는 그를 헛되이 찾다가, 부재를 확인하고 베란다를 향해 걷는다. 하늘 위 비행기가 멀리 날아가고 있다, 아침을 열었던 푸른 빛은 사라지고 없다. 문득, 예감한다. 그가 없는 시간을 오랫동안 견디면서 살아야 할지 모른다! 아파트 뒷길, 길의 늑골 깊숙한 곳, 소나무 숲이 있는 곳, 갈대밭이 보이는 곳, 뼈만 남은 숲이 짙은 그늘을 삼키고 있는 이 아파트. 그의 방이 있다. 고독한 짐승처럼, 그가 웅크리고 잠든 곳. 그녀는 그의 부재를 견디며 오랜 시간을 혼자 견뎌내야 할 것이다.

그녀는 몸서리를 친다. 불길한 예감. 나는 상처받은 짐승, 고통으로 신음할까. 그녀는 가벼운 기침을 한다. 목이 마르다. 심장이… 못 견디게 아플 것이다. 비행기가 구름 속으로 사라지고 없다. 그녀는 허우적거린다.

> 이것은 사람의 귀가 아니다. 눈자위가 쭉 찢어진 형상, 이것은 악마의 눈이다. 내가 죽음과 맞대면하면서 제작한 형상이다.
> 기억하옵소서. 주께서 내 몸 지으시기를 흙을 뭉치듯 하셨거늘 다시 나를 티끌로 돌려보내려 하시나이까.
> 악몽이 계속되고 있다.
> 밤이 되면 모든 뼈가 더욱 쑤신다. 몸이 굳어간다. 통증은 쉬지 않고 나를 갉아먹는다.
> 이것이 나의 실존이다.

그녀는 윤수호의 악몽을 소환하고 있었다. 그때까지도, 그녀는 김미진과 원장의 관계를 정확히 알 수 없어서 참담했다.

몽상은 헛되고 헛된 것. 그녀가 살아있던 시간은, 밤이 없는 아침. 이제 끝이 났다. 그는 죽었다. 모두 예정된 일. 연극은 끝났다. 잠시 화사했던, 그녀의 사랑도 끝났다. 그녀도 죽었다.

그곳에서, 나는 단 한 번도 잠든 적이 없었다. 단 한 순간도 마음을 놓은 적은 없었다. 공항 뒷길, 그 아파트. 그날도 나는 잠들지 못했고 깨어있었다. 혐오감이 밀려왔다. 모멸감과 함께. 그 순간을 평생 잊지 못할 것이다. 그는 제 파멸을 자초한 것. 나는 그의 죽음에, 책임이 없다. 내 탓이 아니야. 지축이 흔들리고 세상이 균열 되는 것 같다.

그녀는 시달렸다. 깊은 밤, 그의 호출을 기다렸던 시간은 사라졌으나, 기다림의 감정은 여전히 죽지 않았다. 나는 정말 무슨 짓을 했을까. 그녀는 어둠보다 더 깊은 심연까지 내려가는 것 같았다. 그녀는 두 손을 자판 위에 올렸다. 그의 죽음에 대해 사실대로 쓸 것이다. 재단에서 무슨 일이 벌어졌는지, 아는 만큼 기록할 것이다. 침묵했던, 또 하나의 나를 쓸 것이다. 그녀는 일기를 쓰면서 지나간 감정까지 거슬러 올라가 기록했다. 고통스러웠으나, 숨을 조금씩 쉴 수 있을 것 같았다.

*

　문화재단의 식당을 리모델링하는 기간에 그녀는 재단의 오른편 건물 경찰청 구내식당에 들러, 짜장면을 시켰다. 젓가락으로 면을 말아 올리면서 그를 떠올렸다. 울컥, 뜨거운 눈물이 솟았다. 멀리 공항이 보이던 길 끝으로 아파트가 있었고, 그 아파트의 허리 깊숙한 곳에 그의 방이 있었고, 그가 있었다. 그녀는 그곳을 수시로 드나들었다.

　그녀는 먼 하늘에 시선을 보냈다. 하늘에서 비행기가 구름 속으로 들어가는 것을 멍하니 쳐다보았다. 간짜장을 면 위에 부어 젓가락으로 길게 말아 올리던 그의 길고 하얀 손가락이 생각났다.

　술이 빠지면 안 되겠지?

　그는 냉장고에서 화이트와인을 꺼내 그녀의 잔에 따른다.

　와인과 짜장면, 잘 어울리네.

　그가 말한다.

　그녀는 짜장면을 다 먹지 못하고, 젓가락을 내려놓았다. 터벅터벅 걸어서 재단으로 갔다. 평소처럼 업무를 본 후, 통근버스를 타고 다시 구도심으로 돌아갔다. 구내식당의 공사가 끝날 때까지, 그녀는 경찰청 구내식당으로 들어가 점심을 먹고 돌아오거나 식사를 걸렀다.

모항문화재단의 2층 식당은 더욱 확장되었다. 인테리어를 바꾸면서 쉐프가 새로 왔고 식당 직원들도 바뀌었다. 도자기 그릇으로 바뀐 식기는 깔끔한 화이트톤이었다. 식당의 메뉴도 바뀌었다. 외식 센터에서 스카웃한 쉐프가 책임지고 요리한다는 것이다. 퓨전 한식은 빛깔부터 선명한 재료가 신선하고 다양해서 맛이 좋았다. 직원들은 예전처럼 무성의한 음식을 불만스럽게 식판에 덜어 먹지 않았다. 흰 테이블보가 깔린 기다란 탁자 위에는 뷔페식으로 각종 음식을 한쪽에 진열해 두었다. 샐러드를 비롯해 계절 나물과 불고기와 토마토스튜, 생선회, 크림스프와 단호박죽, 그리고 파스타, 식혜 등이 있었다. 후식으로 놓인 과일도 종류가 많았고, 메뉴는 매일 달랐다.

그녀는 직원들의 줄 맨 끝자리에 서 있다가 차례가 되어 식권을 식권통에 넣었다. 흰 접시에 음식을 담아 테라스가 있는 한쪽 구석 동그란 테이블에서 밥을 먹었다.

-민 선생! 왜 혼자서 그래요?

최영애 원장이 큰 소리로 불렀다. 장 팀장이 손을 들어 큰 동작으로 손짓했다. 원장이 있는 탁자로 오라는 명령이었다. 기다란 탁자에는 최 원장을 중심으로, 직원들이 앉아 있었다. 잠시 망설이던 그녀는 직원들이 늘어선 자리 맨 끝에 앉았다. 원장 옆자리에 있던 장 팀장이 자기 자리를 양보하면서 한 칸을 옮겼다. 다시 자리를 옮긴 그녀는 긴장되어 밥이 넘어가지 않았다. 겨우 음식을 삼켰다. 체할 것 같아서 아주 조금씩 먹었다.

―좀, 맛있게 먹지 그래요? 얼굴이 너무 안 좋아 보이네. 업무가 너무 힘든 건 아닌가요? 장 팀장님! 우리 민 선생, 일 좀 작작 시켜요.

최 원장 말에 그녀는 고개를 들어 까닥, 인사했다. 최 원장이 그녀에게 부드러운 미소를 보냈다. 가식적인 웃음이었다.

―우리 민 선생이 이만큼 해주어서 미술관이 살아났어요. 공이 크죠. 지난번 조각 전시도 그렇고요.

장 팀장이 말했다. 그때, 그녀는 무언가 어깨를 힘껏 내려치는 느낌을 받았는데, 아무도 없었다. 온몸에 맥이 풀렸다. 손에 숟가락을 들 힘조차 없어졌다. 그녀는 식사를 포기하고 말았다

최 원장이 식사를 마치자, 그녀는 자리에서 일어섰다.

먼저 일어납니다.

가느다란 그녀의 목소리를 못 들었는지, 옆자리의 최 원장은 아무 반응도 보이지 않았다. 그녀는 테라스로 나갔다. 원장의 시

선이 닿지 않을, 구석 테이블에서 혼자 커피를 마셨다.

안 팀장이 원장의 커피를 가져왔다. 재단 직원들은 원장과 거의 같은 시간에 각자 커피를 따라서 의자에 앉았다. 그들은 거의 동시에 커피잔을 들어 올렸다. 남자 직원들은 신임 원장이 여성이라는 사실에 긴장하는 눈치였다. 알 수 없는 일이었다. 여자 직원들의 분위기도 달라졌다. 여성의전화 소장이었다는 이력에도 편치 않은 듯한 얼굴들이었다. 전직 변호사로 활동하다가 성폭력연구소 소장을 겸하고 있었다고 했다. 신임 원장을 추천해 내정, 선출했던 장 팀장은 최 원장을 깍듯이 모셨다. 최 원장은 재단 내부사정이 어떻게 돌아가는지 관심이 없었다. 원장은 리모델링한 구내식당을 5층 투숙객과 일반인에게 개방한다고 했다가 장 팀장의 차가운 반대에 백기를 들었다. 직원들이 수군거렸다. 5층이 개방되어야지. 안 그래? 장 팀장도 이제 때가 된 것 같아. 여직원들이 화장실 세면대 앞에서 화장을 고치며 말했다.

최 원장이 일어서자, 직원들도 거의 일어났다. 그들은 식당 밖 데크에서 잡담을 즐기거나 동백숲 길에서 산책할 것이다. 그들이 지하 운동센터로 가지 않는다는 사실을 최근에야 알게 된 그녀는 지하 1층으로 걸어 내려갔다.

운동센터에는 지역주민들이 운동기구 하나씩을 차지하고 있어서 자리가 없었다. 그녀는 바깥으로 나왔다. 운동 삼아, 걸어서 3층까지 갈 생각이었다. 타박타박 계단을 걸어 올라와 1층 전시관 앞으로 갔다. 입구의 구석진 곳에는 센서 불이 켜지지 않아 몹시 어두웠다.

무심코 전시관 안으로 들어가려고 했을 때, 누군가가 그녀의 허리를 만졌다. 깜짝 놀랐다. 꽁지머리가 지나치게 길어 얼굴이 지저분하게 느껴지는 늙은 화가였다. 친밀한 사이인 척, 화가가 웃었다. 징그러웠다. 그가 그녀를 덮칠 듯이 안았다. 급히 몸을 뺏으나 빠져나올 수 없었다. 물컹한 살의 촉감이 소름 끼쳤다. 그녀는 버둥거리며 겨우 몸을 빼내고, 엘리베이터 쪽으로 달렸다. 몸에서 식은땀이 물처럼 솟아 흘렀다. 늙은 화가는 그녀를 훑듯이 쳐다보면서 느물거리며 웃었다. 그녀는 지하에서부터 엘리베이터를 탔어야 했다고 후회했다.

최영애 원장이 그녀를 호출했다.
―민 선생, 녹차!
그녀는 녹차를 넣은 백자 다기와 찻잔 두 개를 챙기고, 다구에는 뜨거운 물을 담아 원장실로 들어갔다. 늙은 화가가 그녀를 향해 누런 이빨이 보이도록 웃었다. 추잡한 새끼. 그녀는 찻잔을 양쪽 자리에 놓자마자 재빨리 나왔다. 원장실과 가까운 행정실로 갔으나 장 팀장은 보이지 않았다. 그녀는 진땀을 흘렸다. 지난번, 최 원장과의 술자리에서 처음 만난 화가. 억지로 소맥잔을 들이대며 추근댔던 그는, 그녀의 무릎 위로 살찐 손을 덥석 얹었던 사람. 그날, 그녀는 술자리를 거절하지 못한 자신을 자책했다.

그녀는 원장실 옆 사무실 제일 가까운 자리의 직원에게 갔다.

―제가 급히 처리할 일이 있어서 그런데요. 원장실 뒷정리 좀 부탁해요. 꼭 좀 부탁해요.

여직원은 못 이긴 척 고개를 끄덕였다. 그렇게 하겠다는 건지 아닌지 알 수 없이 웃는 얼굴이었다. 말을 섞지는 않았지만, 적대적인 사이는 아니었다.

그녀는 4층으로 올라갔다. 4층에는 긴급여성상담센터와 여성의전화와 1366본부 사무실도 있었다. 계단 맨 끝을 지나 테라스 쪽으로 위치한 방들은 가정폭력 피해자들을 위한 지원센터였다. 그녀는 그곳 직원들의 얼굴을 그제야 기억해 냈다. 신입 때, 취재차 방문했던 곳이었다.

센터장과 담당연구원, 그리고 한 여자가 한 테이블에 앉아 있는 모습이 문틈 사이로 보였다.

─아주 오래전 일인데, 그때 끝난 일이라고 들었는데, 아닌가. 이젠 증거가 없잖아요?

새로 부임한 센터장이 말했다. 센터장은 짧은 커트머리에 엷은 화장을 한 중년 여성이었다.

─그냥 재스민 꽃차 한 잔 마시고, 잊어요. 기억도 확실하지 않은, 지난 일을 이제 와 어쩌겠어요?

그녀는 상담센터 문밖에 서 있다가 문틈 사이로, 등이 보이는 여자의 흐느낌을 듣고 있었다.

─그래도 고소하려고요? 상대는 시청 임원인데, 곤란해요. 이러면….

어린 여자가 가느다랗게 대답하는 소리는 문의 틈새에 끼어 웅얼웅얼하다가 문 바깥으로 나오지 않았다.

─그건 성추행으로 고소할 사안이 아니래도 그러네요.

센터장이 혀를 차면서 말했다.

─그 사람이 네 명이 앉아 있는 자리에서, 내 엉덩이를 발로 간지럽혔고요, 내 발목을 걸어 넘어지게 해놓고는 낄낄 웃었다니까요. 나는 모욕감에 치를 떨었어요. 그때, 함께 있었던 증인들이 있어요.

어린 여자가 분한 듯 소리친다.

―그래도 꾹 참았어요. 참는 것이 좋겠다는 판단이었죠.

어린 여자가 후회스럽다는 듯 한숨 섞여 말한다.

―왜, 그때 바로 찾아오지 않았어요? 육 개월이나 지난 일들인데, 또 그걸 성추행이라고 할 수도 없지. 애매한 건, 아가씨가 그 자리에서 밤늦게까지 술자리에 함께 있었다는 건데. 아가씨도 취했다면서요? 게다가 증인들이라면, 그쪽 편에 설 텐데. 딱하네. 이런 일은 너무 애매해서.

어린 여자는 이제 말하지 않았다. 침묵이 흘렀다. 잠시 후, 찻잔에 차를 따르는 소리가 정적 속에서 크게 들렸다.

―센터장님, 요새 분위기가 그렇진 않아요. 우린, 어떻게든 피해자를 적극 옹호해야 할 입장이잖아요.

담당 직원의 목소리였다.

―무슨 소리야. 그 일 한 번으로는 성추행이라고 몰아갈 수 없다니까. 물리적 증거가 확실하지 않아서.

센터장의 목소리를 들으며 그녀는 바짝 긴장했다.

―화장실로 들어가 수돗물을 틀어놓고, 눈이 빨개지도록 울다가 나왔어요. 그 사람은 떠들고 웃으면서 술만 마시고 있었어요. 짐승 같은 놈이!

분한 듯, 어린 여자가 목소리를 높였다. 언젠가 들어보았던 목소리 같아서, 마치 자신이 당한 일만 같아서, 치를 떨던 그녀는 가만가만 발소리를 죽이며 돌아섰다.

그녀는 4층 엘리베이터 앞에 서서, 몸을 떨었다. 짐승들. 너희들은 다 똑같구나. 계단 아래로 내려가 3층 유리창 바깥 정원 앞에서 멍하니 서 있었다. 치밀어오르는, 분노를 떠올리면서 더위 속에 서 있었다.

−민 선생, 어디야?

최영애 원장이었다.

−다음 전시 리플릿 구성을 짜보세요. 윤 화백이 민 선생이 해주길 원하네요.

그녀는 대답하지 않았다. 다음 전시는 그 화가의 작품이 아니다. 장 팀장의 결정인가. 최영애 원장도 장 팀장의 권유에 이견이 없을 것이다. 문화예술에 관심이 없는 원장의 성향이라면, 장 팀장이 하자는 대로 하겠지. 왜, 일이 이렇게 되는 것일까. 이건 내 재량인데. 그녀는 자꾸 불안해졌다.

민 선생, 박수재 원장 일은 끝까지 모른 척하는 게 좋아요. 입을 다물고 있어요. 내가 알아서, 재계약은 책임질 테니까.

장 팀장은 약속을 지킬까. 예의 바른 얼굴로 웃으면서, 박수재 원장을 사지로 몰아넣은 장본인. 장 팀장이 어떤 권력을 등에

업고 있는지 알만한 사람은 다 알았다. 자신이 불리하면 언제든, 등 뒤에서 칼을 꽂고야 말 사람. 그녀는 장 팀장의 장담을 믿지 않았다.

그때, 그녀는 장 팀장에게서 빠져나올 수 없었다. 장 팀장의 이중성이 무서웠다. 그토록 조심했는데, 둘의 관계를 어떻게 알아냈을까. 그녀가 장 팀장에게 박수재 원장의 사적인 정보를 흘렸던 건 어쩔 수 없는 상황이었다.

김미진 씨 그림이 뇌물이 될 수 있죠. 그렇다면, 원장이 마약에 손을 댄다는 말을 어떻게 몰아갈까요? 증거 있어요? 만약, 사실이 아니면 어떡할 건데? 이렇게 되면 원장님보다 민 선생이 먼저 감옥에 가요. 사직서가 문제가 아니죠. 그러면, 민 선생 인생이 박살 나요. 원장님을 믿어요? 믿지 마. 남자는 다 똑같아요. 어쨌든 원장님 집에 있다는, 김미진 씨 그림은 민 선생이 너무 예민한 거 같아. 그러잖아! 솔직히, 민 선생의 비밀은 어떡할 건데? 둘 다 끝장나는 거야. 그러니까, 다 내가 알아서 할 테니, 입만 다물고 있어요. 민 선생! 날 우습게 보면 안 돼. 5층에 VIP 왔다 간 거, 봤잖아요? 알아도 몰라야 할, 중대 사안이 있는 거죠. 털어서 먼지 안 날 인간 있어? 원장님도 요샌 말이 없어졌는데, 다 이유가 있는 거야. 민 선생도 아예 입을 다물던가. 차라리

하얀 거짓말이 낫지.

장 팀장은 횡설수설, 윗선을 암시하면서 그녀를 협박했다.

─민 선생! 내 말, 듣고 있어요?

최영애 원장이 짜증스럽게 물었다.

─네. 다음 전시 리플렛… 출판사 디자인팀에 맡기는 게… 좋을 것 같습니다.

그녀는 더듬거리며 입을 열었다.

─그건 비용이 너무 들어요. 그 출판사, 내 맘에 드는 것도 아니고. 민 선생이 좀 해야겠어. 전시 담당이잖아. 화가들이 좀 어려워야지. 내가 도와주지 않으면, 이 지역에서 어쩌겠나. 예술가들은 가난한 데다가, 비굴하기까지 한데. 이왕 공짜로 전시하는 건데, 우리 재단에서 알아서 해줘야지. 그렇게 생각하지 않아요? 윤 화백이 워낙 어려우니까 내가 계속 뒤를 봐줬는데, 말이죠. 우리 재단에서 또 전시회를 열겠다는데 나도 어쩔 수 없어요. 내가 힘 있을 때, 많이 팔아줘야죠. 지지리 궁상 지방 작가들 사정이 뻔하잖아요?

최영애 원장이 우월감 넘치는 목소리로 어설픈 권력을 과시했다.

그녀는 더 바빠졌고, 점점 힘에 부쳤다. 1층 전시실 관리와 함께 기획전시 작가 선정과 섭외, 전시 비용 책정, 리플렛 제작 등 업무가 많아 시달렸다. 또, 새로운 업무가 맡겨졌다. 교육팀의 업무로 1층의 무인카페 도서 관리였다.

아침마다 전날의 도서 대출 상황을 써서 안 팀장에게 보고했다. 지역민들은 각종 행사를 위해 심심치 않게 문화재단에 드나들었다. 그녀는 무인카페 CCTV 속, 분실된 도서의 행방을 알 수 없었다. 점점 많아지는 잡무와 스트레스 때문에 자주 두통에 시달렸다. 불안감의 연속이었다. 일을 못 한다는 핑계로 재계약은 이루어지지 않을 수 있다. 권력은 그녀의 목에 매달린 밧줄을 언제든지 끊어버릴 것이다. 그녀는 최 원장과 부쩍 긴밀해진 안 팀장이 진짜 밧줄인지, 장 팀장의 견고한 권력이 진짜 밧줄인지 점점 헷갈렸다.

그녀는 바쁜 업무 중에도 최영애 원장이 부르면 지체없이 달려갔다. 박 원장과 달리 최 원장은 시도 때도 없이 불렀다. 게으른 최 원장은 탁자 정리조차 하지 않고 매번 그녀를 불러들였다. 그녀의 본래 업무는 아니었으나, 박수재 원장에게 배려했던 일을 그만 둘 수는 없었다. 귀찮은 일을 질색하는 최 원장 때문에 그녀는 스트레스를 받았다. 사직을 매일 생각했지만, 사직서를 제출할 수는 없었다.

그녀는 원룸으로 일을 가져와 밤을 새워 기획서를 완성했다. 결재 서류에는 안보남의 이름이 올라갔고 전시 비용 결재란에만 민가인의 사인이 들어갔다. 장 팀장이 문화예술팀을 독립시키겠다고 한 약속은 이행되지 않고 있었다.

어느 오후, 경리과에서 호출이 들어왔다. 회계가 틀렸고, 숫자를 잘못 기록했다는 것이다. 등골에 식은땀이 흘렀다. 그녀는 경리과 직원 앞에서 진땀을 흘리면서 정산을 다시 했다. 차액을 어찌 해보려던 것은 아니었다. 잘못된 금액 숫자에 인감도장을 찍고, 빈칸에 정확하게 기록한 후, 사인했다. 그녀는 해명과 함께 지나친 사과를 하면서 마지막 남은 자존심까지 다쳤다.

*

박수재 원장의 죽음은 점점 사람들의 뇌리에서 지워져 갔다. 박 원장은 서울이 아닌 모항시의 외곽 '하늘공원'에 안치되었다. 문상객들은 몇 명 없었고, 원장의 아내는 끝내 모습을 보이지 않았다고 상가에 다녀온 직원들이 수군댔다. 의구심은 점점 커졌다. 진실은 뭘까. 그것은 직원들의 입에서 입으로 흘러 다녔다.

모두 헛된 뒷공론에 불과했다. 원장의 죽음은 가끔 술자리에서 화제로 떠올랐으나 맥주 거품처럼 금세 꺼졌다.

그녀는 병원을 드나들면서 수면제를 복용했다. 근무 중에도 가끔 멍한 상태가 되어 제 뺨을 스스로 때린 적이 많았다. 죽은 자를 기억하기에는 지나치게 고단했고 바빴다. 죽음을 오래 애도하는 일은 어리석다. 정상인으로 살아가려면 빨리 망각해야 한다. 일상에 주어진 일, 그날그날의 업무를 처리하기에도 시간이 부족하다. 당신 그렇게 된 거, 자업자득 아닌가. 그녀는 자기 최면을 걸었다.

일요일이면, 그녀는 하늘공원으로 갔다. 박 원장은 납골당 지하 2층에 안치되어 있었다. 그녀는 매점에서 조화로 만든 하얀 국화를 샀다. 입구에서 직원에게 신분을 밝히고 방명록을 남겨야 했다. 잠시 망설이다가 사인했다. 그녀가 지하 계단을 향해 발을 디뎠을 때, 공기는 차갑고 날카로워 가만히 있어도 피부가 아팠다.

칸칸마다 꽃으로 덮인 화려한 유리장. 영혼들이 그녀의 발소리를 들으며 눈을 떴다. 원장이 잠든 '영혼의 집'은 꽃 한 송이 없이 초라했다. 그녀는 무릎을 꿇고 훌쩍거렸다.

잘못했어요, 잘못했어요.

그녀는 꼭 그렇게 말해야만 할 것 같았다. 침묵을 뚫고 입술 언저리에서 저절로 말이 튀어나왔기 때문이다. 눈물이 줄줄 흘렀다. 영정사진 속 원장은 면접관으로 앉아 있었을 때 보았던 첫인상과 달랐다. 할 말이 많은 간곡한 얼굴이었다. 유골함을 만지듯, 그의 이름을 유리장 바깥에서 문지르던 그녀는 눈물을 그칠 수 없었다.

아, 힘들다. 정말 괴롭다.

그녀는 얼른 손을 뗐다. 겁이 났다. 귓전을 맴도는 목소리가 원장의 것인지, 자기 것인지 헷갈렸다. 가슴 통증이 시작되었다.

너무 아파.

그녀는 계단을 향해 빠르게 걸었다. 네이비색 정장의 그가 그녀의 등 뒤에 서 있었다.

*

그녀는 겁이 났다. 사실대로 진술할 수 없었다.

그런 일 없습니다. 횡령이라니요.

그녀는 법에게 말한다. 나는 아무것도 모른다. 그 어떤 누구에게도, 혓바닥을 놀려 거짓을 진실처럼 말한 적이 결코, 없었다. 그녀는 목구멍 안에서 튀어나오는 말을 누른다.

어허, 당신이 뭘 알아?

법이 그녀를 노려본다.

이번 일로 실직하지 않으려면.

법이, 실직이라는 단어를 말했다.

그녀는 더 이상 말하지 못했다. 내가 끝까지 민 선생을 보호할게. 혀끝에 독극물을 묻힌 장 팀장의 말이 있었다. 왜 그렇게까지 하셨어요? 그녀는 묻고 싶었다. 그러나 아무 말도 하지 못했다. 혀가 움직이지 않았다.

원장실에서 시끄러운 소리가 난다. 얼떨결에 고개를 돌린 그녀는 믿어지지 않는다. 오종종한 키의 국회의원이 키 큰 원장을 향해 찻잔을 던진 것.

니미럴, 혼자 깨끗한 척 해봐. 당신, 비리가 다 내 손바닥 안에 있어.

그녀는 눈앞의 상황이 믿어지지 않는다. 국회의원이 갑자기 일어나더니 놀란 원장의 뺨을 친다. 그녀는 당황한다. 장 팀장을 부를까, 생각한다. 그러나 행정실과 원장실을 맞댄 문은 굳게 닫혀있다.

당신! 뇌물 수수, 횡령, 성폭력으로 고소당하면 어떻게 되는 줄 알지? 증인도 나왔고!

그녀는 숨을 쉴 수가 없다. 원장이 아무 대꾸도 하지 않아, 침묵이 계속되고 있다. 증인이 누군지 알아? 내가 이름을 대지 않아도 알겠지? 믿는 도끼에 발등을 찍힌 거야.

그녀는 떨고 있다. 더는 듣지 않고, 탕비실을 빠져나와 긴 회랑을 돌아 계단을 내려간다. 있을 수 없는 일. 난, 아무것도 보지 않았어, 듣지 않았어, 말하지 않았어. 그녀는 자기를 부인한다.

법은, 민가인 씨 입장을 참작했다고 부드럽게 위로했다. 입을 다물어야… 한다, 라고 했다. 횡령 건은 조작입니다, 라고 그녀는 말하고 싶었다. 하지만 원장의 사생활에는 그녀가 관련되어 있었다. 아아, 어떡해야 할까. 그녀는 그를 도울 수 없었다. 그녀는 살아야 했다. 박수재 그는 이미 죽었고 진실을 밝히기에는 너무 늦었다. 늘 바쁘셨어요. 일을 굉장히 열심히 하신 분이었죠. 안타깝습니다. 여러 불미스러운 일이 있었죠. 하지만 사실 규명도 되기 전인데, 이런 일이 벌어져서 가슴 아프죠. 왜 극단적인 선택을 하셨는지는… 알 수 없죠. 자살이라니… 너무 힘드셨나 싶네요. 장 팀장의 안타까운 목소리가 그녀의 심장을 갈고리로 후벼 파냈다.

그녀는 하늘공원 숲속 햇빛 환한 나무 의자에 오래도록 앉아 있었다. 몸에 더 이상 기운이 남아있지 않았던지 의자에서 몸을 일으켰을 때, 휘청, 무릎이 꺾여 앞으로 넘어지고 말았다.

*

그와 헤어져야 할, 아침이 다가오고 있다. 왜 아침이 오는 것인지 알 수 없다. 아침이 오면, 이곳이 아닌 저곳으로 건너가야 한다. 비실재의 시간을 건너 실재로 돌아가야 한다. 가고 싶지 않다.
지금 가지 말아요. 눈을 좀 붙여야죠. 잠시라도
그가 말한다. 아, 살아 있었구나. 현실을 느낀 그녀는 안도한다.
아니, 가야죠.
다정한 목소리의 그를, 그녀는 느낀다.

*

그녀는 그를 잊으려고 노력했지만 쉽지 않았다. 밤이면 그의 사체가 허공에 둥둥 떠올라 잠들 수 없었다. 고약한 가스 냄새가 맴도는 듯한 방안에서 두려움에 떨면서 아침을 맞았다. 불을 환하게 켜놓은 채, 비몽사몽간에 쪽잠을 자고 알람 소리에 눈을 떴다. 그녀는 출근한 후, 투명인간처럼 묵묵히 일에 집중했다. 하지 않아도 될 일을 찾아서 하느라, 야근까지 불사했다.

―굳이 이렇게까지, 야근할 필요는 없어요. 하지만 일을 열심히 하는 건, 그건 고려할게요. 어차피 문화예술팀은 있어야 하고. 이제 와서 교육팀으로 민 선생 업무를 모두 넘길 수는 없으니까.

그녀는 장 팀장에게 예의 바르게, 깊이 고개를 숙였다.

―감사합니다.

그 말을 뱉자마자, 그녀는 자신이 죽이고 싶을 정도로 싫었다.

그녀의 계약기간이 거의 끝나가고 있었다. 안 팀장이 그녀를 원수 보듯 노려보면서, 근무 태만과 조퇴에 불만을 토했다. 직원들 사이에서, 그녀는 다시 구설에 올랐다. 안 팀장은, 그 비정규직 말이야, 정신과 다닌다는 소문이 있는데 사실인지 모르겠네. 그러니 일을 제대로 하겠어? 운운, 떠들어댔다. 그녀는 책상 서랍 안에 둔 사직서를 매번 꺼내 들었다가 입술을 깨물고 서랍 안으로 밀어 넣었다. 그녀는 안 팀장에게 어떻게 복수할까, 궁리했다. 장 팀장은 안 팀장의 말에 대응하지 않았고, 그녀의 잦은 조퇴에도 전혀 개입하지 않았다.

9

한 계절이 훌쩍 지나가 있었다. 그녀는 김미진과 통화했다.

윤 선생님 작업일기를 돌려 드리려는데요.

그녀가 긴 망설임을 거친 시간, 김미진의 목소리에는 반가움도, 뜨악함도 묻어있지 않았다. 여전히, 엊그제 통화한 듯 담담했다.

네. 기다리고 있었어요. 우리, 이제 만나야죠? 나도 그동안 마음이 좀 싱숭생숭했답니다. 작품들을 서울 본가로 보내기로 했기 땜에. 여긴, 더는 미련이 없어요. 남편도 없는데, 말이죠.

김미진이 말했다. 그와의 기억은 아직 선명했고, 김미진의 존재도 그녀를 괴롭혔다. 그녀는 과거를 찢어 휴지통에 버리고 싶었다. 그들의 기억이 내 이야기가 되면 안 된다. 잊고 싶은 그의 기억이 자꾸 '이야기'를 만들려 하고 있다. 그건 안 돼. 단 한 사람 그와의 인연으로, 내 인생이 구겨져 버렸다, 고 그녀는 생각했다.

김미진은 질문이 많은 얼굴이었다.
−요샌 어떻게 지내시나…. 원장님 일은 잘 마무리가 됐다고 들었어요. 좀 어때요?
그녀는 대답하지 않았다. 눈에서 눈물이 흐르지 않고 목 안으로 내려가고 있었다. 눈물이 고여 출렁대는 것 같았다.
김미진이 커피를 갈아 드립으로 내주었다. 그녀는 커피 향을 맡았다. 고개를 들어 김미진을 쳐다볼 마음은 없다. 대면하고 싶지 않은 마음을 겨우 감추고, 그녀는 김미진과 앉아 있었다. 속이 뜨거웠다.
−커피 맛있어요. 향도 좋고, 특별히 민 선생을 위해 준비했는데….
그녀는 건성으로 대답했다.
−그럼요, 향이 좋네요.
그녀는 무연히 거실 한쪽 햇빛이 고여있는 윤수호의 두상을 보았다. 김미진의 남편 윤수호는 그녀에게 무의미했다.

그가 커피 그라인더에 커피콩을 넣는다. 커피콩이 갈리는 소리. 물이 끓는다. 그가 찻잔 두 개를 준비하고 있다. 타원형의 기다란 탁자 끝에는 노트가 놓여 있다. 그녀는 노트를 펼쳐보고 싶은 욕구를 겨우 참고 있다. 노트가 삼킨 볼펜 한 자루의 끝이 조금 보인다. 그가 탁자 위에 커피잔을 놓는다. 검은색 커피포트를 탁자 위에 올려놓고 의자에 앉는다. 그의 섬세하고 긴 손가락이 움직인다. 뜨거운 물을 따른다. 커피가 부글거리고 거품을 만든다. 거품이 부풀어 동그랗게 보인다.

커피 향이 어때요? 지난번, 커피랑은 좀 다르죠? 많이 볶지 않는 게 훨씬 취향에 맞아요.

그는 그녀의 잔에 커피를 따른다.

밤이니까, 좀 연하게 마시는 게 좋겠어요.

그가 찻잔에 뜨거운 물을 섞는다.

카페인을 추출하지 않았으니까, 안심해요. 숙면해야죠.

그의 말이 귓전에 진동처럼 오래 들리고 있다. 잠을 잘 자야 해요. 그가 말한다.

―제 취향이에요. 아주 연하네요.

그녀는 장미 문양의 찻잔을 감싸 쥔 채 김미진을 향해 웃었다.

―사건이 그런 식으로 덮일 줄 생각도 못 했어요. 원장님이 결백을 증명하기도 전에 그렇게 됐으니. 사건이 묻히고, 고소인도 익명이라고 했다는데, 황당했죠. 궁금한 건, 원장님 말이에요. 폭행을 당했다는 소문이 있어요. 모 국회의원에게.

그녀는 커피잔을 쥔 오른손이 떨려 커피잔을 양손으로 움켜쥐었다. 그리고는 잔에서 입술을 떼었다. 사실을 다 알고 있었으면서 입을 다문 김미진이 두려웠다.

*

문화재단 건물의 옥상으로, 장 팀장이 그녀를 불러낸다.

그 그림은 뇌물이 아니잖아요. 원장님이 돈을 주고 구입했다는데. 궁금하면 직접 확인하시죠, 라던데. 김미진 선생한테 직접 들었어요. 그러면 그렇지, 성격 칼칼한 원장님이 그림을 거저 뇌물로 받겠어요? 공금을 횡령했다는데, 뭐 실은 증거도 없고. 조사도 하기 전에 저렇게 운명을 달리했으니. 뭐 더 이상 조사할 수도 없고. 그런데 왜? 누구한테 원한 살 일을 했을까요? 진짜 제보자는 누군가… 모르겠어. 그림이 문제 된 건 아니잖아? 어쩌면 사생활, 그게 약점이 되었나 싶네요. 그게 치명적이었을까요. 그러니까 사람은 적이 없어야 해. 적을 만들면 인생이 꼬인 단 말이지. 그렇다고, 죽기까지.

장 팀장이 낮은 목소리로 말하면서 담배 연기를 후후, 하늘로 날려 보낸다. 그녀는 원장의 집에 있는 김미진의 그림들이 왜 문제가 되지 않는지, 장 팀장에게 물어보았던 것이다. 따라와요. 그 말 한마디의 파장은 컸다. 장 팀장의 술수에 발목 잡힌 순간 순간, 그녀는 두려웠다. 내부고발로 수사 대상이 된, 그의 약점은 무엇이었나. 혹시, 내가 아니었나. 그게 치명적이었나. 그녀는 장 팀장에게 말한다.

제보자는 누굴까요?

모르지, 그건. 민 선생이 모르는 걸 내가 알 수 있겠어? 둘이 그런 사이 아니었는지, 다들 의심해. 잤지?

장 팀장은 웃는다. 그녀는 당황해서 빠르게 말한다.

원장님과 잘 지낸 건 사실이지만, 같이 잠을 자지는 않았어요,

장 팀장이 푸후, 웃으며 담배연기를 내뿜는다. 그녀를 향해, 내뱉은 것 같다. 그녀는 수치심을 느꼈으나 반응하지 않는다.

아파트에 갔지만, 안 잤다? 술은 마셨으나 음주운전을 하지는 않았다, 라는 거네? 오, 그걸 누가 믿어요?

장 팀장이 교활하게 웃는다. 그녀는 얼굴이 화끈거린다. 장 팀장은 끝내 자신을 드러내지 않고, 민가인의 뒤에 숨어서 일을 도모했고, 완벽하게 끝냈다. 그러나 알 수 없는 일. 장 팀장은 자신이 의도대로 한 사람을 제거한 것일까.

아닙니다. 절대.

그녀의 말은 성급한 입술이 토해낸 실수다, 돌이킬 수 없는, 뼈아픈 후회. 아아, 어리석은 일. 그녀는 사지가 떨린다.

*

—전 그건 모르고요. 원장님이 여러 가지로 우울해 있었어요. 투서는 가짜였는데, 제보자가 나타나지도 않았고, 증거 조작이 이루어지고 있다는 걸 알고 계신 것 같아요. 돌아가신 후에도 끝내 진실이 밝혀지진 않았죠. 난 그 사건 때문에 너무 힘들었어요.

김미진에게 말하면서, 그녀는 목이 아팠다. 뜨거운 눈물이 목 안에서 울컥거리고 있었다. 금방이라도 울어버릴 것만 같아서 참느라 안간힘을 썼다. 그 국회의원은 법의 수사선상에서 제외된 걸까. 참고인 출석도 하지 않았던 걸까. 그녀는 감정을 죽인 채 더는 입을 열지 않았다. 붉은 석양이 거실 한가운데로 점점 더 깊숙이 들어오고 있었다.

*

그의 서재, 컴퓨터 화면이 열려 있다. 긴 머리 여자의 옆모습이 보인다. 여자가 있는 자리, 멀리 유리창 너머로 바다가 보인다. 여자가 앉아 있는 실내는 카페 같다. 그녀는 뒤를 돌아 그를 부른다.

이 여자는 누구죠?

그녀는 선글라스를 쓴 여자의 모습을 묻는다. 윤곽이 뚜렷한 인상인데, 실내의 명암이 뚜렷했고, 불빛 아래 실루엣만으로는 여자가 누구인지 알 길이 없었다.

아무 사이 아니에요. 관심 꺼요.

그가 대수롭지 않은 듯 말을 끊는다. 유치하고, 치사스러운 질문인가. 그녀는 더 이상 묻지 않는다.

왜 왔어요? 전화하지 말라고, 내가 부르지 않으면 오지 말라고 그랬잖아요. 나도 혼자 있고 싶을 때도 있어요.

그녀는 그의 얼굴이 일그러지는 것을, 느낀다. 그녀는 돛이

찢긴 배가 된다, 방향을 잃은 배가 암초에 부딪혀 구멍이 난다. 바닷물이 배 안으로 새어 들어온다. 그녀는 빠르게 침몰한다.

바탕 화면에 깔린 이미지가 김미진이라는 사실을, 그녀는 아프게 확인한다. 김미진의 얼굴선은 콧등이 길고 날카로운 계란형이다. 분명해. 당신이구나. 원목 책장을 배경으로 하고 그가 서 있다. 유리창 밖은 바다였다. 그의 집, 밖에는 갯벌이 보였고, 소나무가 방풍림처럼 서 있고, 호텔이 있고, 은빛으로 빛나는 석양의 바다가 있다. 하늘에는 물새가 날았다. 그 물새들이 내려와 갯벌을 뒤뚱거리며 걷는다. 물새들이 물속에 들어가 가만히 있다. 물결이 찰랑거린다. 물새들이 물 위에 자유롭게 논다.

그의 집은 평화롭다.

*

—사건이 일어나기 얼마 전, 서울에서 VIP가 왔었대요. 정확해요. 그 문고리권력이 이 지역에 올 일이 뭐가 있겠어요? 호텔로 가지 않고 재단 5층에서 숙박했다는데, 아는 거 혹시 있어요? 다음 날, 장 팀장 안내로 예술인마을 어느 화가 집에서 함께 아침 식사를 했다는데요. 아, 이 정보는 믿을만한 거예요. 박수

재 원장이 근현대미술사를 전공했는데 친일화가 명단과 행적을 조사해 책으로 출판했죠. 그게 이 지역 보수들, 국회의원에게 거슬린 듯해요. 미운털 박혀서, 이번에 당한 것 같아요. 박수재 원장은 대학 때 운동권이기도 하고, 신상이 완전히 털렸다는데. 전혀 문제가 아닌 것을 문제 삼은 것 아닌가 싶어요. 말하자면, 투서는 그들의 조작인 거죠. 원장님, 그 사람… 열혈 운동권이었거든요. 감옥에도 다녀오고, 독재정권에서는 요주의인물이었죠.

김미진의 말에 그녀가 입을 열었다.

―고발한 직원이 누군지는 아직 모르고요. 원장님이 그렇게 가신 건, 전혀 이해할 수 없는 일이죠. 누구보다도 정의로운 사람이라, 기어이 사실을 밝혀야 한다고 생각했을 텐데. 저도 너무 놀랐고요.

그녀는 제 입술을 뭉개버리고 싶었다. 탁자 아래로 시선을 돌리고 눈을 감았는데도, 눈꺼풀이 바르르 떨렸다.

―성추행 제보 뒤에, 또 다른 여직원이 성폭행 건으로 제보했다는데, 소문이 이미 퍼져 있었죠. 단, 며칠 사이에. 여성의전화에 접수된 후, 원장님이 극단적 선택을 했다고 들었어요.

그녀의 목소리는 지나치게 단호했다. 김미진이, 고개를 드는 그녀의 얼굴을 훑듯이 쳐다보았다.

─처음엔 민 선생을 의심했어요. 원장님과 가장 가깝다고…들었으니까요. 최측근으로 비서 역할을 한다고. 지나치게 밀착되었다고…. 이 지역은 바다를 끼고 있지만 워낙 좁아서 들고나는 소문이 무지 빨라요. 한 번 의심하면 위아래로 연결되어 끝까지 물고 늘어지면서 풍문으로 돌아요…. 구설수 생기면 벗어나기도 힘들고.

─저를 의심했다고요? 제가 왜요?

그녀는 태연하게 말하면서 김미진의 긴 머리를 유심히 보았다. 긴 머리 그 여자, 맞지? 당신 맞지? 그러나 그녀는 속으로 말을 삼켰다.

─글쎄요. 소문이라는 건… 다만, 소문이겠죠. 성폭행이니 뭐니, 하는 건.

그녀는 남의 이야기처럼 무심하게, 말했다. 김미진이 의심쩍은 얼굴로 그녀의 얼굴을 쳐다보았다.

─성폭력 사건도 일부 조작된 것이라고 하는데. 자존심 강한 박수재 원장이 어떻게 견디겠어요? 그 사람이 가진 건, 오직 자신의 청렴성인데. 명예뿐이죠. 선량한 사람이고요. 마음에 있는 말을 제대로 못 하고, 술이 들어가야 하고 싶은 말을 꺼내는 사람…. 남편 친구여서 잘 알아요. 친한 사람에게는 너무 솔직하다

못해 하고 싶은 말을 그대로 토하죠. 그러다가, 영영 손절한 친구도 있었죠.

   그녀는 두 손을 깍지 끼었다. 김미진이, 그를 선량한 사람…이라고 한다. 아니, 그는 제멋대로인 사람이다. 토요일 저녁, 그녀는 그의 아파트로 간다. 그의 실내복을 걸치고, 반찬을 만든다. 저녁을 먹는다, 술을 마신다, 침대에 눕는다, 몸을 내맡긴다. 그의 오랜 유모처럼, 오래된 가정부처럼, 오랜 창녀처럼 익숙하게. 휴대폰이 울린다. 그가 일어난다. 친구가 오기로 했어. 서울에서, 친구가 내려왔다는 것이다. 그녀는 당황한 채, 바깥으로 나간다. 바깥 창에서 내려다본다. 낯선 여자. 택시에서 내려 아파트 입구로 들어오는, 화려한 원피스의 한 여자를 본다. 그녀는 자기 모습을 내려다본다. 초라한 여자다. 그녀는 당황한다. 황급히, 그의 실내복을 벗어 던지고 그의 집 현관문을 열고 나간다. 깊은 밤, 그녀는 도망친다. 그의 부름에도 완강히, 뒤를 돌아 아파트를 빠져나간다. 제3자, 그의 여자가 가까이 오고 있다. 팔을 잡고 엘리베이터까지 따라 나오려는 그를 밀쳐낸다, 그녀는 고개를 돌린다. 참혹하다. 동물원의 원숭이로 전락하는 기분이다. 수치심을 피부에 문신처럼 새기면서, 어두운 생의 수렁 속에서, 그를 빠져나간다. 청렴이라구? 명예? 솔직하다? 아니, 너무도 잔인한 사람이다. 사람이라면 차마 할 수 없는 일을 내게…. 모욕감을 느꼈던…. 그런데 그건 정말로 있었던 일이었나. 그녀는 자신의 기억을 믿을 수 없을 정도로 충격이 심했다.

―이사하신다더니요.

―네. 쉽지 않아요. 집이 팔리지 않으니까. 걱정이네요. 이곳을 떠나고 싶은데. 사랑하는 사람, 둘을 보냈고, 더 이상 살고 싶지도 않지만.

김미진은 말을 끊었다. 당신들은 사랑하는 사이였지. 그녀는 입술 안쪽 피부를 이빨로 세게 깨물었다. 뜨뜻한 피가 입안으로 흘러들어왔다.

―남편은 죽음에 임박해서야 하고 싶었던 작업을 했어요. 하늘 아래 새로운 것은 없다는 말이 있죠. 새로운 소재를 선택해서 변신하고 싶었을 거예요. 그러나 건강이 악화되었어요. 작품이 뜻대로 되지 않아서 힘들어했죠. 그는 매너리즘에 빠진 자신을 극복해보려고 노력했어요. 예술가는 자기 자신과 싸우는 사람인데, 자신을 이기는 것이 가장 힘든 거 아니겠어요? 결국 마지막 작품은 미완성으로 남았죠. 영원한 미완성 작품 말이죠. 그걸 박수재 원장이 알았고요. 그 둘의 우정은 그래요. 그래서 그의 작품을 기어이 재단에 설치하고 싶었던 거였어요. 원장님이 떠나

고 나서, 멘붕이 왔는데. 난, 요즘 너무 우울해요. 민 선생 얼굴 보는 것도 사실, 큰 용기를 낸 거예요.

김미진의 말에 그녀는 일일이 반응하지 않았다. 그래야만, 흔들리는 마음을 지킬 수 있을 것 같았다. 김미진의 생은 윤수호의 작품과 함께 살아가고 있는 것만 같았다. 그걸 인정한다면, 나는 나를 결코 용서하지 못할 것이다. 그녀는 침착을 가장하면서 버티고 있었다.

─소문이 제멋대로 흘러 다녔는데, 꿋꿋이 근무하고 있길래 놀랐어요. 민 선생 덕분에 그이 전시회를 무사히 마칠 수 있었고요. 끝까지 도움을 줘서 고맙죠. 기증 건도 잘 마무리가 되었고요.

─그건 제가 한 일은 아니에요. 원장님이 서류상으로 정리를 다 해놓으셨거든요.

그녀는 속마음을 드러내지 않으려고 담담히 말했다.

─이제 간단한 식사를 하죠. 곁들여 와인 한 잔, 할까요?

와인 한 잔, 할까요? 들은 적이 있는 말이다. 문장이, 어순이 그와 똑같다. 그녀는 고개를 끄덕이며 김미진을 올려다보았다.

─네. 그러죠.

그들은 주방 쪽에 놓인 식탁에 앉았다. 김미진이 와인 잔을 준비하고, 냉장고에서 간단한 안주를 내놓는다. 냉장고 옆, 와인 셀러가 있었다.

—쇼비뇽 블랑이죠.

그녀는 그게 무슨 종류인지 몰라 대답하지 않았다. 화이트와인의 일종, 그와 마신 적이 있는 것 같은데, 무슨 맛인지 구분하지는 못했다.

—미리 시원하게 칠링했어요. 식사에 곁들이려고.

—네.

김미진이 주방에서 안주를 준비하는 동안, 그녀는 탁자에 앉아 마늘빵을 뜯어 먹었다. 기형적인 엄지손톱 대신, 마늘빵을 잘근잘근 씹었다. 그녀는 처음부터 김미진이 의도적으로 마련한 초대가 불편했고, 그러기에 선뜻 응할 수 없었다. 그저, 윤수호 작가의 작업일지를 돌려준다는 핑계가 유용했을 뿐이다. 소설가의 일. 민 선생은 앞으로 소설을 쓰고 싶다고 했잖아요. 도움이 될지 몰라서, 빌려드린 겁니다. 그녀가 윤수호의 작업일기를 꺼내자 김미진의 눈동자가 촉촉이 젖어 있었다. 무언지 하고 싶은 말이 가득한 눈빛이었다. 당신, 나한테 무엇을 캐묻고 싶은 건가. 그러나 이제 당신과는 마지막 만남 아닌가. 난 당신의 마음을 알고 싶어. 지금도 궁금해. 그녀는 거실 한쪽 벽에 걸린 그림을 보았다. 오렌지빛, 붉은빛, 보랏빛이 어우러진 그림은 화폭에서 조화롭게 어울려 물결처럼 출렁거린다. 바닷속에서, 용암이 분출하는 듯한 뜨거운 빛깔이 화폭의 윗부분으로 솟아오르는 것 같다.

―저 그림, 선생님 작품 맞지요? 제목이 궁금해요.

―제목은 아직 없어요. 민 선생이 붙여볼래요? 구상화는 아니니까, 보는 사람이 느끼는 대로, 그거면 됐죠. 아름다움… 그거면 되지 않나요?

김미진이 말했다. 아름다움, 그거면 되지 않은가. 그에게 들은 적이 있는 말이었다.

―난 보이지 않는 세계를 그렸으니까. 내적 세계를 표현하고 싶었거든요.

해가 저물고 있었다. 유리창 바깥으로 보이는 것은 절벽이었다. 나무들이 위태롭게 서 있는 황톳빛 절벽을 내다보며 그녀는 그를 생각했다. 그가 죽어야 할 이유는 없었다. 그렇게 죽어버리면 어떡해! 왜 그랬어요! 소리를 지르고 싶었다. 속에서 불길이 타오르는 것을 간신히 참아내고, 그녀는 와인을 입에 마저 쏟아붓듯 마셨다.

―천천히… 그리고 너무 많이 마시진 말아요. 식사도, 안주가

부실해서 미안하네요.

김미진이 잔을 들어 그녀의 잔에 부딪는 시늉을 했다. 그녀도 잔을 들었다.

—건배하죠.

그녀가 말했다. 무엇을 위한 건배일까. 그녀는 와인을 김미진에게 쏟아붓고 싶은 심정이었다. 참는다, 참아야 한다. 그녀는 흥분하려는 마음을 겨우 눌렀다.

—제목은 '정열'이라고 하죠. 붉은색 계열이 화폭 전체를 생기 있게 하는 게, 저는 맘에 들어요.

그녀가 말했다. 정열, 당신들의 눈먼 정열 때문에, 라고는 말하지 않았다.

—정말, 제보자가 누군지 모르는 거죠?

잔을 든 채, 김미진이 그녀를 빤히 쳐다보면서 물었다. 그녀는 김미진의 의혹에 찬 시선을 맞받았다. 심장이 빠르게 뛰었다. 그녀는 내색하지 않으려다 표정이 싸늘하게 굳어졌다.

—누군지, 심중에 있으나 물증이 없어서요. 신입 여직원 성추행 사건이 성폭력으로 확대되어 와전되었다는데, 자세한 건 저도 몰라요. 소문이 꼬리를 물어서요. 저는 출장 중이어서 전혀 내막을 알지 못했습니다. 제가 출근하던 날, 하필 또 그렇게 되

어서. 그동안 원장님께 무슨 일이 일어났는지 짐작조차 할 수 없었죠.

―그 사람이 여자를 함부로 취하는 성격이 아니에요. 아무나, 절대로 그렇게….

술에 취한 듯, 김미진의 말이 웅얼거리고 있었다.

―술이나 마셔요!

그녀가 김미진을 쏘아보며 매몰차게 내뱉었다.

―날 공격하지 말아요. 난 아무 상관 없는 사람이니까!

그녀가 다시, 쏘듯이 말했다. 놀란 김미진의 얼굴은 당혹감 때문인지 붉게 달아올랐다.

―원장님에 대해, 잘 아시나요? 어떤 분이신지, 제게 말씀해 주실 수 있나요?

김미진에게 미안해진 그녀가 물었다. 김미진이 고개를 천천히 저으며 자리에서 일어났다. 김미진은 주방의 와인셀러에서 레드와인을 한 병 꺼내고, 새 잔을 챙겨 탁자에 놓았다.

―이런 사람, 이죠.

김미진이 침착하게 코르크 마개를 땄다. 와인이 펑, 소리를 냈다. 김미진은 잔에 와인을 따랐다. 잔을 조용히 돌려 스웰링을 한 후, 깊숙이 코를 들이대고, 가만히 향을 맡았다.

―긍정적이고 책임감 강한 사람이죠. 하지만 와인 향이 시간에 따라 변하듯, 그때그때 변해서 종잡을 수 없었어요. 그 사람이 무슨 생각을 하고 사는지, 나도 알 수 없었어요. 그 사람한테 결벽증이 있어요. 아무 여자한테 그러질 않아요. 하지만 한 번씩 발작 같은 충동적인 분노, 우울증이 있다는 거 알았나요? 그게…. 그 사람을 억압했던 무언가 있었던 거죠.

그 순간, 탁자 끝에 있던 김미진의 와인 잔이 굴러떨어졌다. 방바닥으로 와인이 쏟아지면서 유리 조각들이 흩어졌다. 잔의 목이 부서지고 투명한 유리 파편들은 방안 곳곳에 보이지 않게 숨어들었다. 민가인은 깨진 유리 조각들을 멍하니 쳐다보고 있었다. 이제 둘 중, 누구라도 찔려 피를 볼 것이다.

그녀가 자리에서 일어나려 하자, 김미진이 막았다.

―가만히 있어요. 와인 잔, 원래 잘 깨져요.

김미진은 물티슈를 뽑아 유리 알갱이들을 꼼꼼히 찾아내기 시작했다. 그녀는 자신도 모르는 눈물을 흘렸다. 미안해요. 정말 미안해요. 눈물은 데일 듯, 너무 뜨겁다. 쉽게 그치지 않는 눈물. 그녀는 제 감정을 삼키려고, 깨진 유리 조각을 찾아내려고 자리에서 일어섰다.

손대지 마요. 그대로 가만히.

그가 말한다. 그때, 그는 보이지 않은 유리 조각을 전부 찾아내고 바닥을 청소기로 문지른다.

이제 됐네요.

그가 웃는다.

그녀는 제 자리에 앉아 있었다. 난 찔려서, 피를 봐야 해. 그녀는 마치 죽을 것 같았다. 나쁜 피. 그녀는 제 감정이 무엇인지 알 수가 없었다. 그녀는 의자 밑으로 내려가 유리 조각을 찾으려 했다. 그러다 무너지듯 바닥에 주저앉았다.

—아, 손대지 마요. 혼자 할게요. 이상한 일이네. 난, 손도 대지 않았는데. 잔이 저절로 깨졌어. 무슨 일일까. 많이 놀랐죠?

그녀가 일어나는 걸 보고, 김미진이 손으로 창을 가리켰다. 그녀는 창밖을 내다보았다. 달이 구름을 가리면서 흘러가고 있었다. 붉게 보이는 달은 침울하면서도 무거운 느낌이 들었다.

—이젠 정말, 가야겠어요. 택시를 불러야겠어요.

그녀는 순식간에 취해버린 느낌이었다.

—잠깐만요.

김미진은 안방으로 들어갔다. 그녀는 안방 장롱의 거울 속에서 김미진의 모습을 보았다. 김미진의 손에는 초록색 스카프가 들려 있었다.

그녀는 비틀거리면서 현관으로 나갔다. 뒤에 따라오던 김미진이 그녀의 목에 초록색 스카프를 둘러 주었다. 숄처럼 길면서 커다란, 짙은 초록색이었다.

―여름에도, 밤이라서 감기 들어요. 그리고 자책하지 마세요. 원장님은 민 선생 땜에 죽은 건 아니니까. 국회의원의 폭행 소문이 돌았고, 모멸감을 견딜 수 없었을 거예요.

그녀는 부드러운 스카프의 감촉을 느꼈다. 그럼에도 그녀는 김미진이 미웠다. …그랬을까, 과연. 아니야. 당신이 원인 제공을 했고, 그래서 죽은 거야. 그녀는 목소리를 꿀꺽, 삼켰다. 살아가면서 끝없이 참고, 침묵하는 건 단 하나뿐인 그녀의 무기였다. 김미진은, 그가 죽은 건 민가인 너 때문이라고 말하고 싶었던 거다. 오늘, 그 말을 내게 하고 싶었던 것이다.

그녀는 돌아오는 택시 안에서 가슴을 쳤다. 왜 다들, 나 때문이라고 하는 거야. 난 아닌데. 그녀는 고통스러웠다. 그가 죽었던 날 새벽, 전화를 받았어야 했다. 평소처럼 달려가야 했다. 그러나 가고 싶지 않았다. 당신에게, 나는 누구인가. 나는 누구인가. 첫 마음은 순수했다. 오래가지 못했다. 믿음은 와인 잔처럼 가벼운 충격에도 산산이 깨지고 말았다.

*

 침대 위에서 남녀 둘이 나누는 대화, 마시고, 먹고, 섹스가 노출된다. 어디선가 관객들이 보는 느낌이 있다. 누군가 카메라로 촬영하고 있는 건 아닌가. 그런 불안감이 있다. 마치 연극무대와 같다. 그의 알몸이 눈에 보이고, 그녀 또한 알몸을 들키는 느낌, 불안이 시시각각 다가오고 있다. 대형 텔레비전 화면. 전원은 꺼져 있었으나 까만 화면은 그들을 비추고 있다. 사랑의 행위와 자세를 동영상으로 촬영하는 듯하다. 그녀는 까만 거울이 두렵다. 텔레비전 전원을 켠다. 드라마가 상영되고 있다, 광고가 흐른다, 영화 채널을 돌린다, 원하는 영화를 누른다, 일시정지를 누르면 그가 원하는 섹스의 체위가 멈추게 된다. 그녀는 고개를 돌린다. 그가, 똑똑히 주시해보라, 고 말한다. 그녀는 그 장면을 주시한다. 그곳은 그녀의 의지가 사라진 무대. 이상한 일. 그가 그녀를 마리오네트 인형 다루듯 조종하고 있다. 이런 일탈이 있을까. 세상에서 추락하는 느낌이다. 그녀는 그의 목을 조르고 싶다. 그것은 그녀의 몰락이 될 것이다. 그녀의 일탈은 탈출이 아니라 파멸이 되었다. 그녀는 그가 잠든 모습을 물끄러미 내려다본다. 혹시 사랑의 행위를 녹화하지는 않았는지, 겁이 난다. 내내 귓가에 속삭이던 목소리는, 그녀가 알았던 그가 아니었다.

애인이 있었어. 사랑했냐고? 물론이야. 섹시했거든. 카메라로 녹화를 했지. 동의했거든. 그런데 헤어질 때, 녹화를 전부 지워달라고 하더군. 그동안 찍은 동영상을 요구해서, 어쩔 수 없이 지웠어. 우린 알몸으로 앉아 와인을 몸에 들이붓고 사랑을 했지. 참 멋졌어. 풀밭에서, 그 어린 여자아이는 마침내 울어버렸어. 그땐, 왜 우는지 몰랐어. 신음과 함께 절정에서 울부짖는 그런 목소리, 희열인가 싶었지. 한 가지 모르는 게 있어. 목소리는 지우지 않았어. 추억이라 기념하고 싶었어.

괴물이구나, 당신. 그녀는 소름이 끼치는 걸 겨우, 참아낸다. 그는 깊이 그녀에게 들어온다. 그를 밀어내고 싶다. 그는 더욱 강하고 폭력적이 된다. 그녀는 고통스럽다.

그는 취한 채, 잠에 빠진다. 그녀는 그를 거부할 수 없는 자신이 비참할 뿐이다. 그의 옆에서 몸을 일으킨다. 서재에서, 꺼지지 않았던 업무용 노트북을 본 후, 기겁한다. 노트북 배경 화면을 떠올린다. 긴 머리 여자가 그녀를 비웃는 느낌이다. 깜박거리는 불빛이 어디선가 움직이며 촬영하는 기분이다. 몸을 떨면서 옷을 챙겨 입는다. 투명테이프로 가린, 노트북 한가운데 렌즈가 그녀를 노려보고 있다. 그녀는 물끄러미, 그것을 내려다본다. 잠이 든, 벌거벗은 그를 내려다본다. 몸집이 큰 개처럼, 그가 쓰러져 잔다.

　그녀는 거실로 나와 탁자 위의 와인 잔을 본다. 채 비우지 않은 잔을 본다. 남아있는 흰 분말 같은 건, 이건 무엇일까. 갑자기 두려워진 그녀는 잔 두 개를 들고 주방으로 간다. 수도꼭지를 세차게 틀어 와인 잔을 씻는다. 깨뜨리고 싶지만 겨우 참아낸다. 이를 악물고, 참는다. 입술 끝에 피가 나도록 입술을 깨문다.

　핸드백을 어깨에 메고 현관 앞에 서 있다가 다시, 서재로 다가간다. 그는 죽은 듯 잠이 들었다. 악마. 그녀는 분노와 모욕감을 참을 수 없어 몸을 부들거리며 빠져나간다. 현관에 놓인 신발, 그의 신발 옆에 가지런히 놓인 까만 구두를 신는다. 깊고 은밀한 부위의 통증을 견디며, 엘리베이터 앞에 선다. 또, 다시, 잠들지 못한, 밤이 없는 아침이 시작되고 있다. 그녀는 얼굴 없는 사람처럼 까만 캡모자를 깊숙이 내려쓰고 그의 아파트를 탈출한다.

*

오늘, 제가 실수했습니다. 죄송해요.

그녀는 김미진에게 전화했다.

뭘요, 그럴 수 있죠. 괜찮아요.

김미진의 목소리에는 감정이 실리지 않아, 담백하게 들렸다. 그녀는 또 화가 치밀었다. 인간미 없이. 끝까지. 김미진이 조금만 더 곁을 주었더라면, 그녀는 제 모든 것을 토해냈을지 모른다. 모든 것, 그것은 스스로를 망칠 수도 있었을 것이다. 그러니 잘된 일. 그날, 비가 내렸다. 그녀는 1층 전시실에서 출장 떠나기 전에 해야 할 일을 마무리하고 있었다. 출장은 일주일. 그녀가 자리를 비운 동안 오픈할 윤수호 추모전.

뭐 어차피, 재단 일은 내 손을 거쳐야 해.

그녀는 장 팀장의 지시로 지역 인사들과 예술인들에게 초대장을 발송했다.

걱정 말고 잘 다녀와요. 전국 문학관 견학이 민 선생에겐 기회가 될 거예요. 자료랑 도서관 현황 등등 잘 챙기고 관장이랑 담당 만나서 조언을 구하고, 보고는 그때그때 하지 않아요 됩니다.

장 팀장이 사람 좋게 웃으며 말했다. 그녀가 전시실 불을 끄고 로비로 눈을 돌렸다. 그때, 주차장에서 검은 양복 둘 뒤로 검은색 정장 차림 여자 한 명이 내렸다. 그 뒤로 높은 올림머리에 투피스 차림의 중년 여자가 보였다. 어디선가 본 듯한 여자였다. 그들이 중년 여자를 경호하며 로비를 향해 걸어왔다. 언제 왔는지, 늙은 국회의원이 중년 여자에게 깊이 고개를 숙였다. 잘 차려입은 장 팀장이 그들을 마중한 후, 5층으로 향하는 엘리베이터로 안내했다. 중년 여자의 모습은 텔레비전 뉴스 화면에서 본 듯했다. 그녀는 문고리권력을 알아보았다. 그날 그녀가 본 건, 거기까지였다. 중년 여자는 김미진이 말한, 그 VIP일 것이다.

 그녀는 솔직했어야 했다. 제대로 말했어야 했다. 그러나 누가 믿어줄 것인가. 법이? 어림없는 일. 입틀막, 했던 그들이 내 편이 될 리 없다. 누가 원장의 결백을 아니, 거짓 내부고발의 실체를 파헤칠 것인가. 진실을 밝힐 사람은, 이제 단 한 사람도 없다. 그녀는 시달렸던 과거를 파묻으며, 웅크리고 앉아 어둠이 되었다. 기록을 모두 없애기 위해, 토하고 싶은 말을 기어이 하지 못한 채, 일기장을 찢었다.

10

 민가인은 정규직이 되었다. 문화예술팀의 유일한 연구원 그녀는 벅찬 업무를 혼자 처리하느라 바빴다. 안 팀장은 신임 원장의 왼팔이 된 듯 거들먹거리고 다녔다. 교육팀 안 팀장의 업무 지시가 도를 넘어섰다. 그녀는 화장실에 들어가 미친 여자처럼 속으로 울다가 세면대 거울을 보고 얼굴을 다듬었다.

 매일 아침, 그녀는 전시관의 작품들을 일일이 확인한 다음, 금빛 난간을 짚고 계단을 걸어 올라가 3층 사무실로 향했다. 그녀는 원장실 문 앞에서 네이비색 정장의 그를 보았다. 원장실에서 전화로 국회의원의 인사 청탁을 단호히 거절했던, 그의 당당한 얼굴이다. 섬뜩, 놀라면 그가 눈앞에서 사라졌다. 그럴 때마다 몸이 땅속으로 깊이 가라앉는 것 같았다. 그녀의 숨은 자주 막혔다. 그뿐으로, 어려운 일은 딱히 없었다. 전시 기획과 작가 섭외 등, 그녀가 기획한 지역예술탐방 프로젝트는 평이 좋았다. 최 원장과 장 팀장과 안 팀장은 결재 서류에 더는 트집을 잡지 않고, 직인을 찍었다.

  그녀는 모항문화재단 직원들의 워크샵에 참석할 수 있었다. 행사가 끝나고 사진 담당에게 카톡을 받은 재단 직원들은 황당해했다. 단톡방에 올린 단체 사진은 저무는 하늘을 배경으로 한 사진이었다. 반사되는 강물의 빛 속에 던져진 채, 직원들은 물 위에서 함께 찍혔다. 그들 중 몇은 얼굴이 흐려 사람 얼굴 같지 않아 보였다. 사진마다 흐린 얼굴들이 좌우로 흔들리고 있는 느낌이었다. 정면 얼굴을 찍은 게 분명한 어떤 사진은 뒷모습으로 찍힌 채였다. 또 다른 사진에서 직원 한 사람은 이상하게 찍혀있었다. 가장 흐려 보이는 사람, 민가인은 웃는 표정인지 우는 표정인지 기묘한 얼굴이었다. 사진 담당은 사진들의 기이한 현상을 이해할 수 없었으나 단톡방으로 보냈다. 그녀는 장대 같은 한 줄기 빛 속에 갇힌 모습이었다. 그것은 사람의 형상 같았다. 유령 같기도 했다. 그들의 사진은 어둠과 빛이 교차하는 사이, 공허하면서도 스산한 분위기였다. 사진이 왜 이래? 직원들은 툴툴

거렸다. 이상하다, 생각했으나 더는 신경 쓰지 않았다.

그녀는 늦게야 카톡 사진을 보고 놀랐다. 제 몸을 빛이 투과하고 있었다. 이게 뭐지? 인상을 찡그리면서, 그녀는 삭제 버튼에 손가락을 대고 가볍게 터치했다.

그녀는 더 이상 하늘공원에 가지 않았다. 대신 작은 교회에서 오래 기도했다. 월요일이면 마음이 가벼워졌다. 매일 진한 화장으로 파리한 얼굴을 가렸다. 그녀는 생기있는 립스틱으로 환한 얼굴빛을 만들고, 옷의 색상과 디자인에 신경을 썼다. 직원들과 친해져서 명랑하게 웃기도 했다. 그러나 자리에 돌아오면, 급격히 침울해지기도 했다. 때로 무엇에 깜짝 놀라, 습관적으로 뒤를 돌아보았다. 그녀의 마음 속, 오래된 죄책감과 두려움을 아무도 알 수 없었다. 그녀는 길을 잃은 영혼 같았다. 허공 중에서, 부유하는 먼지들 틈에서, 그의 환영이 보일 듯해 자주 헤맸다.

일기를 썼다.

> 나는 넋을 놓치고, 폐인처럼 생이 부서지고 말았다. 사랑 아닌 사랑을 잃었다. 지하에 그를 가두고, 나는 살아있

다. 이런 나를 아는 사람은 없다. 이제 기다릴 미래는 없다.

나는 나를 잃었다.

그녀는 자신의 심정을 끄적거리다, 찢었다.

새벽이 다가오고 있었다. 그녀는 침실 유리창을 열었다. 하늘은 희뿌옇게 흐렸다. 비가 올 듯했다. 밤이 없는 아침. 그와 보낸 시간은 헛된 꿈이었을까. 아니, 꿈이 아니라 현실이었다. 눈이 없는 욕망과 질투. 그것이 예리한 칼날이 되어 심장을 찔렀다. 내가 죽였구나… 당신을 결국. 결국, 나를 죽였구나. 온몸이 슬픔에 젖었다. 눅눅한 습기가 올라와 그녀의 고독한 몸을 에워쌌다. 그녀는 깊은 한숨을 폐부에서 끌어내, 토했다. 남아있는 생의 고통이 그녀의 몸을 휘어 감았다.

여름비는 끝없이 질척하게 내렸다.

| 작가의 말 |

아주 오래 전의 일.
지방신문 하단에 실린 뉴스를 읽었습니다.
아, 그분이! 결국 그렇게 되었네….

저는 소설 속 인물들에게
따뜻한 위로를 건네고 싶었습니다.
그러니까,
오래 어둠 속에 묻었던 말을
하고 싶은 말을
세상으로 보내게 되었으니
얼마나 다행입니까.

최근 『오딧세이아』를 읽으면서 깨달았습니다.
어떤 상황에서도 버티고 살아남아서, 복수하는 것.

그 복수의 정의正意는
고통과 역경을 딛고 일어서서
각자 모두의 상처를 회복하는 것.
이 사회의 일원으로 당당하게 살아가는 것.
단 하나, 최고의 선善은
악惡을 가차 없이 베어내는 것.
'오디세우스', 그의 지혜와 용기는
사랑을 위해!
수치와 모멸을 견디며
단 한 번뿐인 생生에 복귀하는 것이었습니다.

사랑하는 가족,
다정多情이 병病인 친구들,
끊임없이 공부하시는 선생님, 문우들,

감사합니다.
다인숲
정민규 님의 표지를
기다리는 설렘까지,
참으로 좋습니다.

거친 비바람 속에서
평생을 순하게 살아온,
풀잎 같은 사람들께
이 소설을 바칩니다.

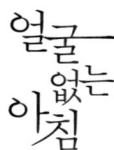

초판 1쇄 인쇄   2025년 8월 15일
초판 1쇄 발행   2025년 8월 22일

—

지은이   김현주
펴낸이   임성규
펴낸곳   다인숲
디자인   정민규

—

출판등록   2023년 3월 13일 제2023-000003호
주　　소   62357 광주광역시 광산구 월곡산정로 20-49 101동 106호
전자우편   a-dream-book@naver.com

—

*책 가격은 뒤표지에 표시되어 있습니다.
*지은이와 협의에 의해 인지는 생략합니다.
*잘못된 책은 교환해 드립니다.

—

ISBN 979-11-994222-1-6 03810

ⓒ김현주, 2025

이 책은 광주광역시 GWANGJU CITY 광주문화재단의 지역문화예술육성지원사업으로 지원받아 발간되었습니다.